Holly Watson

Die Sherlock Holmes Academy

Karos, Chaos & knifflige Fälle

Ravensburger Buchverlag

Sherlock

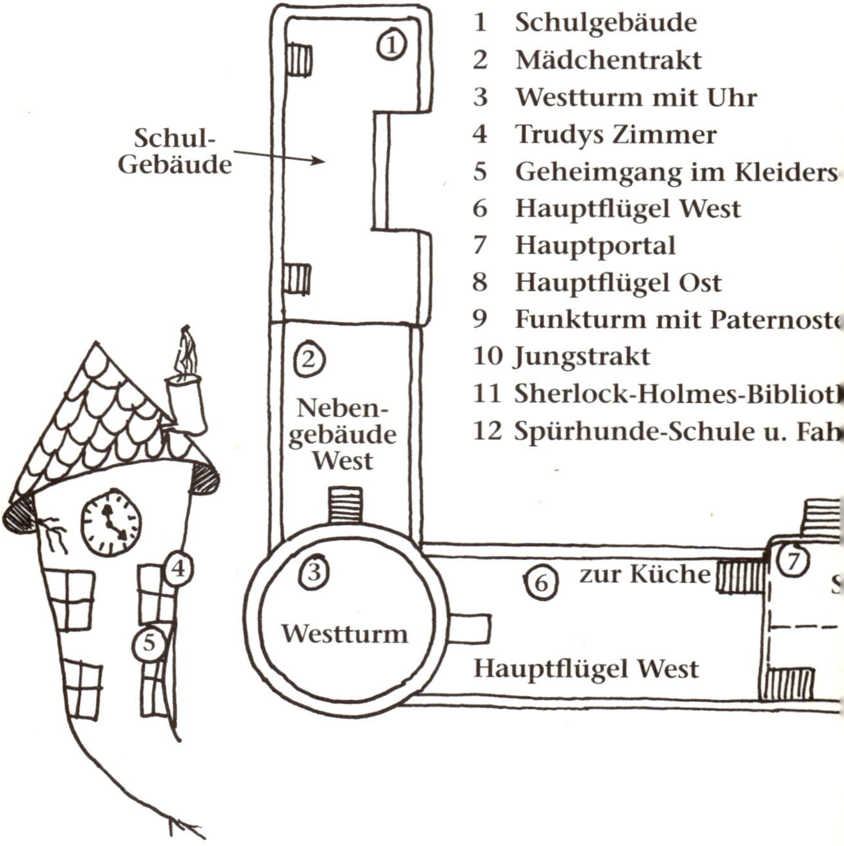

1 Schulgebäude
2 Mädchentrakt
3 Westturm mit Uhr
4 Trudys Zimmer
5 Geheimgang im Kleiders
6 Hauptflügel West
7 Hauptportal
8 Hauptflügel Ost
9 Funkturm mit Paternost
10 Jungstrakt
11 Sherlock-Holmes-Bibliot
12 Spürhunde-Schule u. Fah
Schul-Gebäude
Neben-gebäude West
Westturm
zur Küche
Hauptflügel West

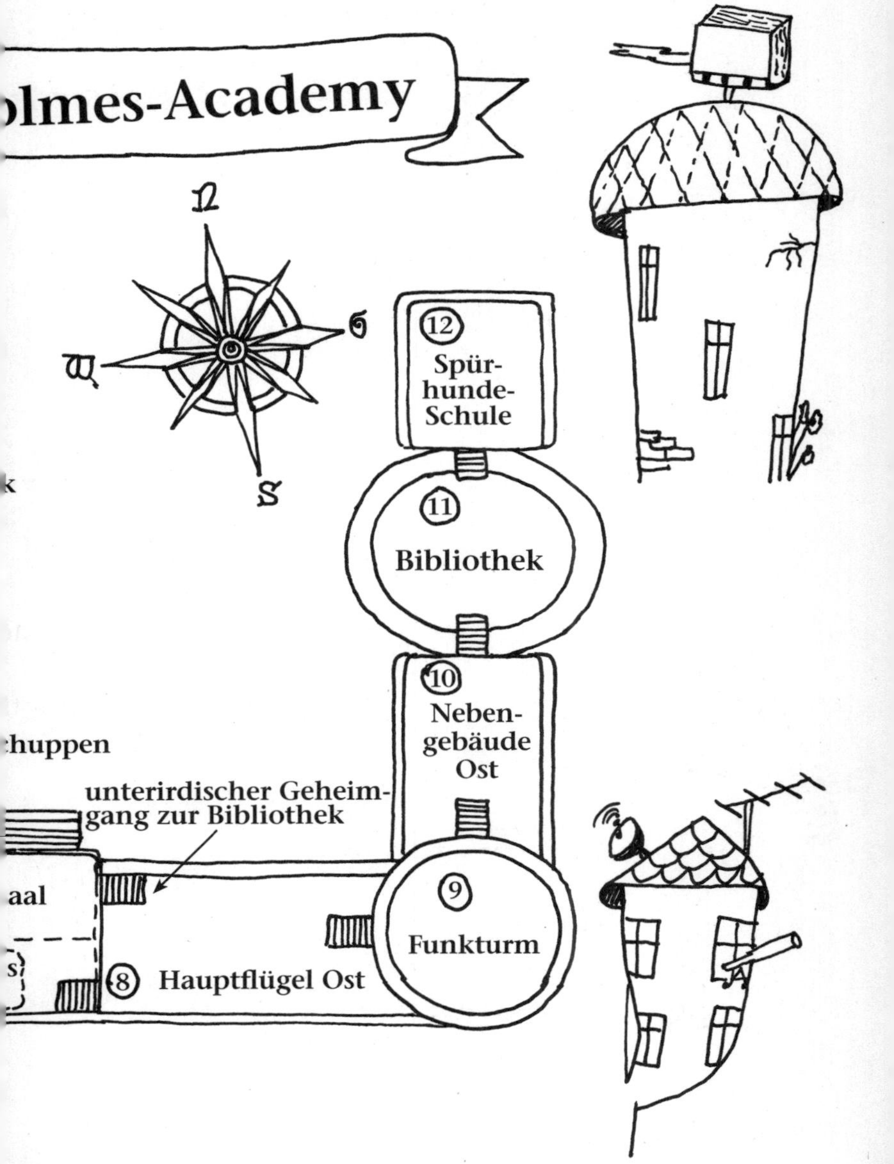

olmes-Academy
N
O
W
S
k
12
Spür-
hunde-
Schule
11
Bibliothek
10
Neben-
gebäude
Ost
huppen
unterirdischer Geheim-
gang zur Bibliothek
aal
s
8 Hauptflügel Ost
9
Funkturm

Als Ravensburger Taschenbuch
Band 52523
erschienen 2014

MIX
Aus verantwortungs-
vollen Quellen
FSC® C114500

1 2 3 4 17 16 15 14

Ungekürzte Lizenzausgabe
mit freundlicher Genehmigung der Thienemann Verlag
GmbH, Stuttgart

Gesamtausstattung: Nadine Jessler
Einbandillustration: Franziska Harvey
Illustration Karte: Holly Watson

Postfach 18 60, 88188 Ravensburg
Printed in Germany
ISBN 978-3-473-52523-2

www.ravensburger.de

Vorab: Das Geheimnis um Trudys Namen

Linie 13 – Mistyfields stand in unleserlichen Buchstaben auf dem alten Bus, der sich ächzend durch den Herbststurm schob, welcher an jenem siebzehnten Tag im November über das Wollmoor fegte. Die Windböen zerrten das letzte Laub von den Bäumen, die wie trostlose schwarze Gerippe aus den Sümpfen aufragten. Quietschend kämpften die Scheibenwischer des Linienbusses gegen die eisigen Regentropfen an, die knochigen Finger gleich gegen die Windschutzscheibe trommelten. Der Busfahrer, ein hagerer, unrasierter Kerl, sah an jeder Bushaltestelle vorwurfsvoll seinen einzigen Fahrgast im Rückspiegel an, so als wolle er der schwarzhaarigen Dame im Wollmantel sagen: Die Menschen sind gescheit, bei diesem Weltuntergangswetter das Haus nicht zu verlassen.

Kurz vor Mistyfields wartete ein zweiter Fahrgast, der sich zum Schutz vor dem Regen in den Eingang einer alten Baracke gestellt hatte.

»St. Michaels Hospital, Mistyfields«, sagte die Frau, warf ein paar Münzen in die Schale und schlug ihre Kapuze zurück.

»Das macht dann 1,30«, sagte der Busfahrer mürrisch, zählte die Geldstücke ab und reichte der Frau ihre Fahrkarte. Er wartete nicht, bis die Dame sich hingesetzt hatte, und lenkte den Bus mit aufheulendem Motor zurück auf die regennasse Fahrbahn. So hörte er nicht, dass die beiden Damen sich mit einem knappen »Rita?« und einem zurückgezischten »Dorothee?« grüßten.

Die Hügel und Moorwiesen vor den Toren Mistyfields versanken in einem Blassgrau, als wäre all das saftige Grün mit dem Regen herausgewaschen worden. Die Abenddämmerung lauerte schon am Horizont und würde in Kürze ihr schwarzes Tuch über diese Trostlosigkeit legen.

Rita, jene schwarzhaarige Dame im Wollmantel, die schon seit *Cranesbill* in diesem Bus saß, hauchte an die Fensterscheibe und rieb ein kleines Guckloch frei. Längst hatten sie Mistyfields erreicht. Menschen hasteten tief unter Regenschirme gekauert durch die Straßen und die vorbeirasenden Autos spritzten das Regenwasser bis an die Busfensterscheiben hinauf.

»Nächster Halt: St. Michaels Hospital, Mistyfields!«, tönte blechern die Lautsprecherdurchsage durch den Bus, als die beiden Frauen gleichzeitig aufsprangen und zur Tür stürmten.

»Hallo, hallo, die Damen!«, rief der Busfahrer nach hinten. »Wir sind doch noch gar nicht da.«

Rita und Dorothee tauschten finstere Blicke, während sie sich gegenseitig von der Tür wegzuschubsen versuchten. Als der Bus vor der Klinik zum Stehen kam und die Türen sich öffneten, stolperten beide auf den Gehweg hinaus. Sie beäugten sich misstrauisch, während sie nebeneinanderher liefen, und wenn eine den Schritt beschleunigte, legte die andere noch einen Zahn mehr zu. Am Ende war es ein Wettrennen. Sie stürmten durchs Hauptportal des Krankenhauses und blieben erst vor den Aufzügen nach Luft japsend stehen. Keine Sekunde ließen sie sich aus den Augen und sahen sich an wie zwei vor einem Ringkampf. Der Aufzug brachte sie in die dritte Etage, und sie rannten über den Krankenhausflur, als wäre er eine Hundertmeterbahn, an deren Ende keine Ziellinie wartete, sondern die Tür zu Zimmer 329.

Eine Krankenschwester, die gerade den Raum verlassen wollte, sah mit Entsetzen die beiden Frauen auf sich zustürmen und konnte gerade noch den Weg frei machen. Rita und Dorothee stürzten ins Zimmer und wurden erst durch das weiße Gitter am Fußende eines Krankenhausbettes gestoppt.

»Ich war die Erste«, sagte Dorothee und schnappte nach jedem Wort nach Luft.

»Nein, ich!«, rief Rita.

So ging es eine Weile hin und her, ohne dass sie sich

»Also nehmen wir sie einfach alle«, antwortete Frau Taff lächelnd.

»HALT!«, rief die Hebamme entsetzt, als sich alle fünf Tanten gleichzeitig auf sie stürzten. »Ich schlage vor, wir fangen mit der ältesten Tante an.«

Theresa nickte, denn sie fand diese Idee genial. Natürlich. Schließlich war sie die Älteste.

Rita, Dorothee und Ursula rechneten und überlegten, an welcher Stelle ihr Name wohl erscheinen würde.

Nur Yasmin maulte. »Das fand ich schon in unserer Kindheit ungerecht, immer die Letzte zu sein.«

»Theresa, Tante mütterlicherseits.«

»Rita, Tante väterlicherseits.«

»Ursula, Tante mütterlicherseits.«

»Dorothee, Tante mütterlicherseits.«

»Yasmin, Tante mütterlicherseits.«

Fein säuberlich trug die Hebamme die fünf Namen untereinander in die Karte ein und blickte dann fragend auf. »Welcher Name wird nun aber der Rufname sein?«

Wieder posaunten die fünf Tanten ihre Namen durchs Zimmer.

Die Hebamme ging mit der Karte zu Herrn und Frau Taff und flüsterte leise: »Was halten Sie davon, wenn jede Tante der Kleinen einen Buchstaben vererben darf?«, und dabei zeichnete sie Kringel um die fünf Anfangsbuchstaben.

Rita und Dorothee tauschten finstere Blicke, während sie sich gegenseitig von der Tür wegzuschubsen versuchten. Als der Bus vor der Klinik zum Stehen kam und die Türen sich öffneten, stolperten beide auf den Gehweg hinaus. Sie beäugten sich misstrauisch, während sie nebeneinanderher liefen, und wenn eine den Schritt beschleunigte, legte die andere noch einen Zahn mehr zu. Am Ende war es ein Wettrennen. Sie stürmten durchs Hauptportal des Krankenhauses und blieben erst vor den Aufzügen nach Luft japsend stehen. Keine Sekunde ließen sie sich aus den Augen und sahen sich an wie zwei vor einem Ringkampf. Der Aufzug brachte sie in die dritte Etage, und sie rannten über den Krankenhausflur, als wäre er eine Hundertmeterbahn, an deren Ende keine Ziellinie wartete, sondern die Tür zu Zimmer 329.

Eine Krankenschwester, die gerade den Raum verlassen wollte, sah mit Entsetzen die beiden Frauen auf sich zustürmen und konnte gerade noch den Weg frei machen. Rita und Dorothee stürzten ins Zimmer und wurden erst durch das weiße Gitter am Fußende eines Krankenhausbettes gestoppt.

»Ich war die Erste«, sagte Dorothee und schnappte nach jedem Wort nach Luft.

»Nein, ich!«, rief Rita.

So ging es eine Weile hin und her, ohne dass sie sich

für die Frau in dem Bett interessierten, die einen Säugling im Arm hielt. Der Mann, der bisher auf der Bettkante gesessen und sich schützend über seine kleine Familie gebeugt hatte, richtete sich auf und deutete stumm mit dem Finger an Rita und Dorothee vorbei. Schlagartig war es mucksmäuschenstill im Zimmer.

»Iiiiihr …?«, rief Dorothee erstaunt.

»… seid schon hier?«, fügte Rita verblüfft hinzu.

Die drei Damen nickten lächelnd.

»Und wenn ihr es genau wissen wollt, ich war die Erste. Das kleine Mädchen wird meinen Namen tragen. Ursula.« Die Frau in dem Wollkleid und mit der altmodischen Frisur stolzierte wie ein Pfau zum Bett. »Nicht wahr, Edgar?«, fragte sie den Vater des Kindes. »So war die Vereinbarung. Das Kind wird den Namen der Tante tragen, die es zuerst besucht.«

Edgar tauschte einen vielsagenden Blick mit seiner Frau. »Nein, liebe Ursula, nicht ganz. Die Vereinbarung lautete exakt: Die Kleine wird den Namen der Tante erhalten, die sie in ihren ersten Lebensstunden besucht.«

»Wieso? Wann ist die Kleine denn geboren?«, rief Ursula panisch und lauerte der Hebamme über die Schulter, die soeben das Babybettchen ins Zimmer schob.

»Um 14:55 Uhr«, antwortete die Hebamme und zog

die Karte aus der Halterung. »So, Herr und Frau Taff. Wie soll die Kleine denn nun heißen?«, fragte sie und wartete mit gezücktem Stift darauf, den Namen des kleinen Mädchens dort einzutragen. Das Kind war noch keine drei Stunden alt und so kam es, dass alle Tanten gleichzeitig ihren Namen riefen.

»Dorothee!«

»Rita!«

»Yasmin!«

»Theresa!«

»Ursula!«

»Hmhm«, machte Edgar Taff und nickte. Er rieb sich nachdenklich das Kinn. »Entschuldige, Antonia. Das mit den Namen war wohl nicht meine schlaueste Idee.«

»Du hast es ja nur gut gemeint und wolltest jeglichen Streit vermeiden.« Antonia Taff streckte eine Hand aus und fuhr ihrem Mann liebevoll über die in Falten gelegte Stirn. »Sieh nur unsere hübsche Tochter an. Sie bekommt ebenso schwarzes Haar wie du. Und jede Wette, sie hat nicht nur dein Haar, sondern auch deine Intelligenz und deinen Spürsinn geerbt.«

»Verzeihen Sie, wenn ich mich einmische, aber Kinder können durchaus mehrere Namen erhalten«, verkündigte die Hebamme zur allgemeinen Beruhigung.

»Also?«, fragte Herr Taff und sah ein wenig begriffsstutzig aus.

»Also nehmen wir sie einfach alle«, antwortete Frau Taff lächelnd.

»HALT!«, rief die Hebamme entsetzt, als sich alle fünf Tanten gleichzeitig auf sie stürzten. »Ich schlage vor, wir fangen mit der ältesten Tante an.«

Theresa nickte, denn sie fand diese Idee genial. Natürlich. Schließlich war sie die Älteste.

Rita, Dorothee und Ursula rechneten und überlegten, an welcher Stelle ihr Name wohl erscheinen würde.

Nur Yasmin maulte. »Das fand ich schon in unserer Kindheit ungerecht, immer die Letzte zu sein.«

»Theresa, Tante mütterlicherseits.«

»Rita, Tante väterlicherseits.«

»Ursula, Tante mütterlicherseits.«

»Dorothee, Tante mütterlicherseits.«

»Yasmin, Tante mütterlicherseits.«

Fein säuberlich trug die Hebamme die fünf Namen untereinander in die Karte ein und blickte dann fragend auf. »Welcher Name wird nun aber der Rufname sein?«

Wieder posaunten die fünf Tanten ihre Namen durchs Zimmer.

Die Hebamme ging mit der Karte zu Herrn und Frau Taff und flüsterte leise: »Was halten Sie davon, wenn jede Tante der Kleinen einen Buchstaben vererben darf?«, und dabei zeichnete sie Kringel um die fünf Anfangsbuchstaben.

»T.R.U.D.Y.«, las Herr Taff langsam mit.

»Trudy?«, fragte Frau Taff und legte den Kopf erschöpft zurück ins Kissen. »Trudy Taff«, flüsterte sie und schloss für einen Moment die Augen, so als müsse sie den Namen erst einmal richtig kosten. »Willkommen, Trudy Taff«, flüsterte sie nur wenige Sekunden später ihrer kleinen Tochter leise zu, die von dem ganzen Spektaktel um sie herum nichts mitbekam und selig schlief.

Die Hebamme steckte die Karte zurück in die Halterung am Babybett und sagte mit Blick auf die sich noch immer streitenden Tanten: »Wenn dein Leben genau so spannend weitergeht, wie es heute begonnen hat, kleine Trudy Taff, dann möchte ich am liebsten mit dir tauschen.«

Trenchcoat, Karorock, Flanellpyjama

»Geht das auch ein bisschen leiser?« Trudy zog die Bettdecke über den Kopf und ärgerte sich über die lärmenden Mitschüler auf den Fluren. Die zweite Nacht in Folge hatte sie kein Auge zugetan. Schuld daran war die alte Turmuhr, die zu jeder Viertelstunde die Uhrzeit hinausposaunen musste. Blechern wie ein erkälteter Wetterhahn.

Als Trudy vor zwei Tagen hier oben eingezogen war, hatte sie sich über das große Turmzimmer mit Ausblick über das gesamte Wollmoor sehr gefreut. Sogar die Küste konnte man sehen. Aber schon in der ersten Nacht direkt unter der lauten Turmuhr war ihr klar geworden, dass sie nicht das große Los gezogen hatte. Inzwischen wünschte sie sich, ihr Zimmer möge tief unter dem alten Gemäuer in einem der Kellerverliese dieses verwinkelten Landschlosses liegen.

Selbst mit der Bettdecke über dem Kopf hörte Trudy die Uhr nun wieder schlagen: Siebenmal laut und dreimal leise. Viertel vor acht. Genervt schlug Trudy die Bettdecke zurück. Jemand sollte ihren Mitschülern einmal das Wort Rücksicht buchstabieren, dachte sie, denn diese trampelten wie eine Elefantenherde seit Minuten an ihrer Tür vorbei. Dann endlich wurde es leiser. Gerade versuchte Trudy sich wieder an die schöne Stelle in ihrem Traum zu erinnern, als ein besonders lautes und schnelles Donnern sie hochschrecken ließ.

»Was zu viel ist, ist zu viel!« Mit einem Satz sprang Trudy aus dem Bett und riss die Zimmertür auf. »Hey, du!«, rief sie einem Mädchen hinterher, das eher den Bremsweg einer Gazelle hatte. »Es hat dir wohl noch keiner gesagt, dass das Rennen auf den Fluren verboten ist und eine Holmes-Münze kostet, wenn man dich erwischt!«

»Sprichst du mit mir?«, fragte das Mädchen und drehte sich verblüfft zu ihr herum.

Das mit dem Elefanten nehme ich zurück, schoss es Trudy durch den Kopf, während sie das Mädchen näher betrachtete, das zu Trudys Verwunderung bereits die Schuluniform trug. Als Trudy noch ein kleines Kind gewesen war, hatte sie ein Lieblingsbuch mit einer süßen, blond gelockten Elfe gehabt, und dieses Mädchen sah haargenau so aus. Wenn das mal kein Wink des Schicksals ist, dachte Trudy und erinnerte sich an die Worte ihrer Mutter beim Abschied vor zwei Tagen.

»Mach dir keine Sorgen, Trudy.« Frau Taff hatte wieder und wieder über Trudys Haar gestrichen, als wolle sie es glätten. Ausgerechnet Trudys 392 schwarze Bindfäden. »Ehe du dich's versiehst, hast du eine

Freundin gefunden. Verlass dich einfach auf dein gutes Gespür!«

Das ist sie also, dachte Trudy und lächelte das fremde Mädchen an. Sie musste ihre neue Freundin werden, denn warum sonst sah sie so aus wie ihre Lieblingselfe? Das musste doch etwas zu bedeuten haben. Sicher war die Elfe erst gestern angereist, denn sonst wäre sie ihr garantiert schon eher aufgefallen.

Die Elfe zog ihre Augenbrauen in die Höhe und zischte: »Ich vermute ja eher, es hatte noch niemand Zeit, *dir* zu erklären, dass es zehn Holmes-Münzen kostet, wenn man zu spät zum Unterricht kommt. Oder kann ich einfach nur besser rechnen als du?«, fügte sie mit einem herablassenden Blick auf Trudys Schlafanzug hinzu. Dann stürmte sie weiter.

Und doch wie ein Elefant, dachte Trudy grimmig und warf die Tür mit einem Knall hinter der Elfe ins Schloss.

»Wer hier wohl nicht rechnen kann!«, schimpfte sie, während sie sich zurück aufs Bett fallen ließ. Das hätte sie sich auch gleich denken können. Wer lief schon mitten in den Ferien in dieser hässlichen Schuluniform herum? Freiwillig.

Ein einziges Mal hatte Trudy ihre Uniform bislang angezogen. Genau vor vier Wochen, als sie mit ihrer Mutter in diesem coolen Center für Spionagezubehör einkaufen war und die junge Verkäuferin an der Information sie mit einem mitleidigen Blick in die Abteilung für »Nostalgisches Detektivzubehör« geschickt hatte. In Grund und Boden hatte Trudy sich damals geschämt, als sie in dem karierten Faltenrock über den Gang laufen musste. Auf und ab. Ab und auf.

»Nein, Trudy, wie entzückend!« In Frau Taffs Augen hatte es verdächtig nass geschimmert und tatsächlich musste sie vor lauter Rührung in ihrer Handtasche nach einem Taschentuch kramen.

Trudy war damals auch zum Weinen zumute gewesen, doch eher aus Verzweiflung. Sie konnte sich noch genau an jedes Detail dieses Horrortrips erinnern:

»Das Karomuster ist ein Unikat und wird von einer schottischen Weberei speziell für die Sherlock-Holmes-Academy angefertigt.« Auch die Verkäuferin, eine ältere Dame mit strengem Haarknoten und faltigem Gesicht, deren Augen hinter dicken Brillengläsern wie zwei dunkle Sauerkirschen aussahen, war sichtlich begeistert. Sie zeigte Frau Taff mit feierlicher Miene das gesamte Sortiment an Uniform-Zubehör, und bei jedem Pullover, ja sogar bei den Kniestrümpfen seufzte Frau Taff leise auf und strich andächtig darüber.

»Also ich finde, die kratzen«, gab Trudy zu bedenken, als sie einen Pullover nach dem anderen über den Kopf ziehen musste.

»Das ist reine Lammwolle von edelsten Tieren. Sogar die englische Königsfamilie kauft dort ein.« Die Verkäuferin schüttelte verächtlich den Kopf, während sie zu Frau Taff sagte: »Kinder. So sind sie. Keine Ahnung von zeitloser, klassischer Eleganz.«

»Wie wahr, wie wahr«, flüsterte Frau Taff geistesabwesend und hielt mit verzücktem Lächeln einen Mantel in die Höhe.

»Mama-a!«, protestierte Trudy, aber ihre Mutter lauschte gebannt den Worten der Verkäuferin.

»Diese Dufflecoats dürfen nur in der Zeit von Oktober bis März getragen werden. Da versteht die Schulleitung keinen Spaß.« Die Verkäuferin beugte sich mit strengem Blick zu Trudy hinab, als hätte sie diese soeben dabei erwischt, es wagen zu wollen, mitten im August in diesen Mantel zu schlüpfen.

»Keinen Spaß«, wiederholte Trudy ihre Worte ernst und starrte fasziniert auf den silbergrauen Haarknoten der Verkäuferin. Kein bisschen würde sie sich wundern, wenn sich eine Spinne mit langen, behaarten Beinen aus diesem altmodischen Haarknäuel abseilen würde.

»Man beachte bitte das original karierte Innenfutter. Für die Sommermonate gibt es einen leichten Trenchcoat, und für Feiertage …«

Der Stapel mit Academy-Kleidung vor Frau Taff

wuchs bedenklich in die Höhe und Trudy wurde immer mulmiger zumute. Sie drehte sich vor dem alten Standspiegel hin und her und versuchte unter der Internat-Verkleidung die alte Trudy Taff wiederzufinden.

»Hey, Trudy!«, redete sie mit ihrem Spiegelbild und schob die langen schwarzen Haare straff hinter die Ohren, so wie sie es immer tat, wenn sie ein ernstes Wörtchen mit sich reden musste. »Sie können dir deine Lieblingsjeans wegnehmen und sogar von dir verlangen, dass du diesen Duffle-Dingsda trägst, wenn es eigentlich zu warm dafür ist. Sie können dich in exklusive Lammwolle einwickeln, bis dir die Luft wegbleibt. Sie können machen, was sie wollen. Du bist und bleibst Trudy. Einfach nur Trudy. Versprich es, Trudy Taff. Hier und jetzt.«

Ein leises Kichern hinter dem Jackenständer ließ Trudy herumfahren und sie entdeckte zu ihrem Entsetzen, dass ein Schüler und eine Schülerin des Spionageinternats I.O.S., der International Organization for Scouts, sie vermutlich die ganze Zeit beobachtet hatten. In ganzen Scharen liefen diese Möchtegern-Agenten durch die Gänge des Centers. Ja, die hatten gut lachen, dachte Trudy neidisch, als sie das Mädchen von Kopf bis Fuß musterte. Sie steckte in einem schwarzen, seidig schimmernden Overall, der hier und da kleine praktische Taschen hatte. Die silberne Gürtelschnalle bildete in schnörkeligen Buchstaben von oben nach unten das Internatskürzel I.O.S. Das Mädchen trug ein schwarz-weißes Tuch ums Haar geschlungen, als wartete draußen ein schnittiges Cabriolet auf sie, und in den Händen hielt sie einen schicken schwarzen Hut. Sie nahm ihre Sonnenbrille ab und steckte sie lässig in ihren Overallausschnitt, während sie sich lautlos, wie auf Samtpfoten, an Trudy heranschlich. Kunststück, dachte Trudy, und ihr Blick hing sehnsüchtig an den weichen, kniehohen Stiefeln des fremden Mädchens, das sie mit mitleidigem Blick begutachtete.

»Was muss man angestellt haben, um mit so etwas bestraft zu werden?«, fragte sie interessiert und zupfte mit spitzen Fingern, die in schwarzen Lederhandschuhen steckten, an Trudys altrosa Lammwoll-Pullover. Ihre Stimme klang wie das Schnurren eines Kätzchens.

»Ich … ich …«, stotterte Trudy und ärgerte sich, dass ihr keine gute Antwort einfiel. Wütend über sich selbst stemmte sie die Hände in die Hüften und blitzte das Mädchen böse an. »Ich weiß nicht, wovon du sprichst«, schimpfte sie und kreuzte schnell zwei Finger der linken Hand. Natürlich wusste sie genau, wovon das Mädchen sprach.

»Dann will ich es dir erklären.« Das fremde Mädchen kam einen Schritt näher und flüsterte geheimnisvoll: »Auf die Sherlock-Holmes-Academy …« Sie tippte auf das Institutswappen auf Trudys Pullover. »Auf diese Sherlock-Holmes-Academy gehen nur Schüler von Eltern, die glauben, dass sie was Besseres sind. Angeber. Streber. Bin ich froh, dass wir nicht solche Spießer-Eltern haben, was, Oscar?«, rief sie über die Schulter, ohne sich aber zu dem Jungen umzusehen, den Trudy beinahe schon vergessen hatte.

»Traumhaft!«, rief Frau Taff ausgerechnet in diesem Augenblick. Trudy spürte, wie sich ihr die Nackenhaare aufstellten, als sie feststellte, dass ihre Mutter mit *traumhaft* einen karierten Flanell-Pyjama meinte.

»Ja, traumhaft, äh, wie war doch noch gleich dein Name? Trudy? Ja, Trudy. Ich kannte mal eine alte Frau, die hieß Trude, und genauso war sie auch. Langweilig, ein wenig schrullig …« Das Mädchen ließ mit gekonntem Griff die Sonnenbrille wieder aufklappen.

Das hat sie heimlich geübt, dachte Trudy.

»Es reicht jetzt, Emily!«, mischte sich plötzlich der Junge ein. Er nickte Trudy kurz zu und Trudy lächelte ihn erleichtert an. Er wollte Emily am Arm mit sich ziehen, als diese sich mit einem Ruck losriss.

»Ich bin noch nicht fertig, Brüderchen!«

Emily zog die Sonnenbrille auf die Nasenspitze herab, um Trudy noch einmal fest in die Augen sehen zu können. »Warum auch immer ihr meint, euch etwas einbilden zu können. Vergiss es. Und glaube nicht, dass du Trudy bleiben wirst. Du wirst genauso hochnäsig wie alle anderen werden. Und du näherst dich besser nicht der I.O.S. Wir haben kein Interesse an eurer Gesellschaft. Eine Freundschaft hat es zwischen unseren Instituten noch nie gegeben.« Spöttisch lächelnd öffnete sie an einem der vor ihr liegenden Dufflecoats einen Knopf. »Und jetzt komm, Oscar. Müssen wir nicht noch unsere Lederjacken anprobieren?«

Blöde Zicke, dachte Trudy, während sie den beiden nachsah. Aber mit solch einer modernen Uniform hätte sie sich so was natürlich auch getraut.

Trudy war die Erinnerung an diesen Einkauf noch immer schrecklich unangenehm. Diesen albernen Rock würde sie jedenfalls keine Sekunde länger tragen als nötig, und schon gar nicht in den Ferien wie die verrückte Elfe. Trudys Blick blieb an der Schuluniform kleben, die frisch gebügelt vor dem uralten Kleiderschrank in ihrem Turmzimmer hing. Schlagartig gefror ihr das Lächeln im Gesicht. Ferien? Wer hatte eigentlich von Ferien gesprochen? War nicht heute Montag und damit der erste Schultag?

In Sekundenschnelle sprang Trudy in ihre Schuluniform und zupfte und zerrte an dem Rock. »Mist, Mist, Mist!« Es wurde nicht besser, sie sah ja aus wie ihre eigene Großmutter.

Als Trudy aus dem Zimmer stürmte, schnappte sie

noch schnell ihre Schuhe und schlüpfte hinein, während sie das prunkvolle Treppengeländer hinabrutschte. Wie praktisch war es doch, im zweiten Stock zu wohnen, wo man die Schuhe unterwegs anziehen konnte.

Sie rannte gerade durch die Eingangshalle des Instituts, als sie ungebremst mit Victor, dem Hausdiener, zusammenprallte.

»Zuuuu Hiiiiiilfeeeee!« Victor versuchte tänzelnd das ins Wanken geratene Silbertablett aufzufangen, das er den ganzen Tag würdevoll durchs Haus trug.

Alles transportierte Victor auf diesem Tablett. Er trug damit die Schulpost in die Zimmer der Schüler, er brachte den Lehrern darauf ihren Nachmittagstee ins Kaminzimmer, und Trudy hatte sich sagen lassen, er habe sogar schon einmal ein ausgespucktes Kaugummi darauf zur Schulleiterin befördert. Das Unglückliche war, dass er ausgerechnet an diesem Morgen, an Trudys erstem Schultag, an dem sie gleich verschlafen hatte, kleine Tintenfässchen auf seinem Tablett balancierte. Starr vor Schreck beobachtete Trudy, wie die kleinen Fläschchen hin und her rutschten und dabei gefährlich aneinanderklirrten. Einige Sekunden lang sah es sehr, sehr schlecht aus für Trudy, doch dann schien Victor wieder die Balance gefunden zu haben, und Trudy stürmte erleichtert weiter, geradeaus durchs Portal nach draußen.

»Trudy Taff«, hörte sie Victor noch sagen. Respekt, dachte sie. Die neuen Schüler waren gerade erst angereist und er kannte schon ihren Namen. »Ich beschwere mich aufs Äußerste über dein Benehmen.«

Ob Victor wohl nie fluchte? Er sprach selbst jetzt würdevoll und leise. Aber trotzdem ließ der empörte Unterton in seiner Stimme Trudy befürchten, dass er als Nächstes der Schulleiterin eine handschriftliche förmliche Beschwerde über Trudy auf seinem geliebten Silbertablett servieren würde.

Ein seltsamer, leicht fauliger Geruch kroch in Trudys Nase, als sie über den Kiesweg zum Schultrakt eilte. Die feuchte Luft legte sich wie ein klebriges Spinnennetz auf ihr Gesicht.

Ich bin wohl an meinem ersten Morgen in der Sherlock-Holmes-Academy auf dem Weg zu einem neuen Rekord im Schulregelnbrechen, schoss es Trudy durch den Kopf, während sie ihre Beine über den Rasen zum Nebengebäude lenkte. Der sumpfige Grasboden federte bei jedem Schritt nach, und modriges Wasser quoll unter ihren Schuhen hervor. Hastig sah sie noch einmal über die Schulter zurück zum Hauptportal des alten schottischen Herrenhauses, in dem der Wohntrakt der Academy untergebracht war. Nicht, dass Victor sie auch noch auf dem heiligen Rasen erwischte.

Du bist unvorsichtig, Trudy Taff!, hatte sie plötzlich die warnende Stimme ihres Vaters im Ohr. Natürlich hörte sie seine Worte nur in der Vorstellung. Herr Taff als Meisterspion konnte hier wirklich rein gar nichts mehr lernen.

»Und wieso muss ich auf so eine altmodische Schule gehen? Ich will doch auch eine Meisterermittlerin werden!« Vier Wochen lang hatte sie gebettelt und gefleht, dass sie lieber aufs Spionage-Internat gehen würde.

»Nein, Trudy. Nein!« Ihr Vater blieb stur. »Nur was man von Grund auf lernt, beherrscht man auch sicher.«

Irgendwann hatte Trudy schweren Herzens akzeptiert, dass ihr Weg zur Meisterermittlerin einen Umweg über die Sherlock-Holmes-Academy nehmen würde. Ganz toll, dachte sie und sah mit einem unguten Gefühl im Bauch den weißen Nebelschwaden zu, die aus den Wiesen ringsum aufstiegen wie Dampf aus heißen Kartoffeln. Die angehende Meisterdetektivin Trudy Taff, das vermutlich größte Nachwuchstalent in Kriminalistik unter der Sonne, genau diese Trudy Taff würde in den nächsten sechs Jahren irgendwo im Moor versauern. In einer Sumpflandschaft, wo sich Hase und Igel »Gute Nacht!« sagen.

Welch eine Verschwendung.

Isoldes Geheimnis

»Bitte die Karte eingeben!«, schimpfte eine Computerstimme mit Trudy, als sie an der Tür zum Schultrakt rappelte.

Auch das noch, stöhnte sie innerlich und kramte in ihrer Schultasche nach der Chipkarte, die sie gestern bei der Begrüßung erhalten hatten.

»Zwanzig Holmes-Münzen sind auf jeder Karte als Guthaben gespeichert«, hatte die Schulleiterin Isolde Korn verkündet. »Haltet euch an die Regeln, seid fleißig, neugierig und clever. Dann habt ihr am Ende der Schulzeit so viele Holmes-Münzen gesammelt, dass ihr ein Stipendium fürs Internationale Spionage-College erhalten könnt.«

Ein Raunen war durch die Halle gegangen. Klar. Jeder von ihnen wollte später an der Spionage-Universität studieren. Jeder. Sonst wären sie ja gar nicht erst hier.

»Ha! Da ist sie ja!« Stolz zog Trudy ihre silberne Chipkarte durch den Schlitz neben der Tür. »Sesam, öffne dich!«, flüsterte sie grinsend, als der Türöffner leise brummte.

Es roch nach Bohnerwachs wie in jeder Schule und ihre Schritte hallten laut in der menschenleeren Halle.

Geheimschriften, Isolde Korn, Raum 005. An einer

großen Pinnwand hingen die Stundenpläne und Trudy stellte mit Schrecken fest, dass sie ausgerechnet zum Unterricht bei ihrer Schulleiterin zu spät kommen würde. Mucksmäuschenstill war es hinter der schweren Tür zu Raum 005. Sie atmete dreimal tief durch, betrat den Klassenraum und … staunte.

In dem Raum standen vielleicht zwanzig uralte Pulte. Die hintere Wand war voll gestopft mit alten Büchern. Über das alles wunderte Trudy sich natürlich nicht. Was konnte man von solch einer altmodischen Schule anderes erwarten?

Nein, sie staunte ein bisschen darüber, dass die Elfe in ihrem Klassenraum saß und sie nun neugierig beäugte. Noch viel mehr staunte Trudy aber darüber, dass ihre Schulleiterin vor einem Laptop saß und das, was sie gerade über Geheimschriften erklären wollte, mit einem Beamer an die Wand hinter sich warf. Unfassbar. Und doch war Trudy über eines noch viel, viel mehr erstaunt.

»Wunderbar!«, rief Isolde Korn erfreut, als sie Trudy entdeckte. Und damit hatte Trudy nun gar nicht gerechnet. »Es ist ganz entzückend von dir, dass du gleich am ersten Schultag zu spät kommst. So können wir nun mithilfe deiner Karte die Punkteverteilung an der Sherlock-Holmes-Academy besprechen. Du hast doch nichts dagegen?« Sie streckte die Hand aus und zwinkerte Trudy aufmunternd zu. »Ich meine, es müsste mich schon schwer wundern, wenn es noch einen Schüler in diesem Raum gibt, der das Kunststück fertiggebracht hat, bereits innerhalb der ersten 24 Stunden wertvolle Holmes-Münzen zu verlieren. Nun zier dich nicht so und gib mir deine Karte, Trudy.« Isolde Korn versuchte ein Kichern zu unterdrücken, weshalb ihre Stimme klang wie eine schlappe Geigensaite.

Was blieb Trudy anderes übrig? Auf Wackelpuddingbeinen ging sie zu Frau Korns Schreibtisch vor und reichte ihr die Chipkarte.

»So, dann wollen wir mal sehen«, erklärte Frau Korn eifrig, als sie Trudys Karte in ein Lesegerät schob. Isolde Korn hatte rötlich schimmerndes Haar, das sie hochgesteckt trug. Doch die wilden Locken ließen sich nicht wirklich bändigen, sprengten die Frisur.

Auf Frau Korns Laptop blinkte es zweimal kurz und dann erschien Trudys aktueller Kontostand:

1 Holmes-Münze
Bitte an die Schulleitung wenden!

Man hätte auch Flöhe husten hören können, so leise war es plötzlich geworden. Erschüttert sah Trudy den Schriftzug auf dem Bildschirm und fing Isolde Korns fragenden Blick auf. Im nächsten Augenblick donnerte ein gewaltiges Lachen los. Trudys Mitschüler konnten nämlich an der Wand hinter ihr mitlesen, was Trudy so erschreckte.

»Trudy Taff!«, rief Isolde Korn ungläubig, als hätte Trudy einen der schwersten Kriminalfälle des vergangenen Jahrhunderts mit einem Fingerschnipp gelöst. Sie klickte auf »Punkteverlauf anzeigen«, und Trudy wurde es mulmig, als eine lange Liste auf dem Monitor erschien.

20 HM	Startguthaben
– 1 HM	Rennen in den Fluren
– 3 HM	Betreten der Rasenfläche
– 5 HM	Rutschen auf dem Treppengeländer
– 10 HM	Schulstart verpasst
1 HM	aktueller Kontostand

(HM = Holmes-Münzen)

»Wo … woher weiß er das alles?«, fragte Trudy verblüfft.

Jetzt brüllten ihre Mitschüler natürlich noch lauter. Isolde Korn bekam hektische rote Flecken auf ihren Wangen. »Das«, schimpfte sie, »das ist überhaupt nicht witzig!« Sie betonte jede einzelne Silbe und es wurde ein wenig leiser im Klassenraum. Nur vereinzeltes Kichern war noch zu hören, als sie zu erklären begann.

»Selbstverständlich sind wir hier nicht hinter dem Berg, liebe Trudy, nur weil wir die alte Handwerkskunst der Detektivarbeit lehren. Jede Lehrperson dieser Academy kann sich in dein Konto einloggen und dir für ein Vergehen – genauso wie für besondere Leistungen – Holmes-Münzen abziehen oder überweisen.«

Alle Achtung, dachte Trudy, während Isolde Korn ihr die Karte zurückgab. Sie schlich durch den Klassenraum zu einem leeren Pult und fing die spöttischen Blicke der Elfe auf.

»Wohl doch eine Niete in Mathe, wie?«, zischte diese ihr leise zu.

Drei Dinge wusste Trudy nun sicher.

Erstens: Sie hatte die Academy unterschätzt.

Zweitens: Die Elfe würde nie ihre Freundin werden.

Drittens: Es konnte nur noch besser werden.

Das ist doch schon mal ein Anfang, dachte Trudy und versuchte ein tapferes Grinsen in die Runde.

Die Elfe war schon wieder mit anderen Dingen beschäftigt, denn sie quatschte gerade hinter vorgehaltener Hand mit Schneewittchen. Zugegeben, es war ein modernes Schneewittchen. Eines mit schneeweißer Haut, blutrot geschminkten Lippen und ebenholzschwarzem Haar, das zu einem schicken Pagenkopf geschnitten war.

»Violetta und Evelyn!«, rief Frau Korn durch den

Klassenraum. »Schluss jetzt mit den Privatgesprächen oder auch eure Holmes-Münzen beginnen zu schmelzen wie Eiszapfen im Sonnenschein.«

Die Elfe hieß also Violetta. Aber Trudy musste eingestehen, dass sie diesen Rückschluss nicht ihrer großartigen Kombinationsgabe zu verdanken hatte, sondern der Tatsache, dass Schneewittchen gerade zuckersüß durch den Klassenraum flötete: »Evie, nennen Sie mich doch einfach nur Evie, bitte!«

»Wo kämen wir denn dahin?« Isolde Korn guckte überrascht und zog ihre Brille auf die Nasenspitze herab. »Deine Eltern haben dich hier unter dem Namen Evelyn angemeldet und ich sehe keine Veranlassung, in deine Namensgebung einzugreifen.«

Evie fiel die Kinnlade hinunter und Violetta kniff ihre Augen zu Chipkarten-Schlitzen zusammen. Frau Korn hatte es sich soeben mit der Elfe und Schneewittchen auf immer verdorben, dachte Trudy noch, als die Schulleiterin sagte: »Kommen wir nun also zu den wirklich wichtigen Dingen. Eine der ersten Geheimschriften war …?« Sie wanderte mit suchendem Blick durch den Klassenraum und blieb erst vor dem hohen Bücherregal stehen. Trudy stellte erstaunt fest, dass Frau Korn eine karierte Hose trug, die vermutlich ebenso wie die Schulröcke aus der schottischen Königsweberei stammen musste. Man musste schon ziemlich verrückt sein, wenn man ohne Not zu solch einer Hose griff. Nur um den flauschigen lila Kaschmirpullover beneidete sie ihre Schulleiterin ein wenig.

Die schwere Holzleiter quietschte schaurig, als Isolde Korn sie mit einem gekonnten Schwung genau bis zur dritten Regalreihe von links schwenken ließ. Sie stieg bis zur fünften Sprosse hinauf und blickte über den Rand ihrer Brille hinweg neugierig in die Runde.

Trudy fragte sich, auf was sie wohl wartete, als plötzlich ein blasses, unscheinbares Mädchen den Arm in die Höhe reckte und auf Frau Korns Nicken antwortete: »Die Skytale von Sparta.«

»Die was?«, rief Violetta kichernd, und vor allem die Jungs fanden das sehr komisch.

»Sehr richtig, Marlene!« Frau Korn nickte entzückt und Trudy sah Marlene verwundert an.

Dieses Mädchen erinnerte Trudy an eine Katze, die sie einmal sehr gemocht hatte. Dort nämlich, wo Trudy aufgewachsen war, in einem dieser hohen grauen Häuser an der Uferpromenade am Rande der riesigen Stadt, dort, wo man niemanden mit Namen kannte, genau da lebte nicht nur Trudy, sondern auch jene Katze, und sie war lange Zeit Trudys Vertraute gewesen. Jeden Nachmittag nach der Schule, ob bei Sturm, Regen oder Schnee, kam sie über die Dächer balanciert, um ihre Freundin Trudy zu besuchen. Stundenlang saß sie auf der schmalen Fensterbank, wenn Trudy ihre Hausaufgaben machte. Ihr Fell schimmerte bräunlich rot wie das Licht eines Sonnenuntergangs, den Trudy von ihrem Zimmer aus wegen der hohen Häuserfassaden natürlich niemals sehen konnte. Niemandem, nicht einmal ihren Eltern, erzählte Trudy so viel wie dieser Katze. Ihre wunderschönen grünen Katzenaugen schimmerten mal hell, mal dunkel wie die Halbedelsteine an Frau Taffs Halskette. Und da diese Steine aus Jade waren, nannte Trudy ihre heimliche Katzen-Freundin genauso: Jade. Wenn Jade am Abend wieder davonschlich, sah Trudy ihr nach und fragte sich, wohin sie wohl gehen mochte. Ob jemand auf Jade wartete?

Eines Tages wartete Trudy vergebens auf ihre Katzenfreundin. Und dann noch einen Tag und noch einen. Sie wartete und wartete, aber sie wusste genau, dass Jade nicht mehr kommen würde. Oft hatte sie sich gefragt, was mit ihr geschehen sein mochte. Irgendwann hatte sie sich damit abgefunden, dass Jade wohl weggezogen war. Sie lebte in Trudys Vorstellung nun auf einer herrlichen kleinen Farm und jagte nach Herzenslust Mäuse. Und das hatte Jade auch wirklich verdient. Niemals aber hatte Trudy gedacht, dass sie noch einmal solche grünen Augen sehen würde. Bis heute. Bis zu dem Moment, in dem sie Marlene angesehen hatte. Tatsächlich hatte Marlene nicht nur Jades Augen, sondern auch noch schulterlanges Haar in exakt ihrer Fellfarbe.

»Und Marlene? Wenn du mir jetzt auch noch beantworten kannst, zu welcher Zeit diese Geheimschrift in etwa entstanden ist …?« Isolde Korn riss Trudy aus ihren Gedanken.

»Sie entstand vor ungefähr 2500 Jahren und wurde im alten Ägypten …«, fiel Marlene Frau Korn ins Wort, und Trudy fand, was Marlene dann alles sagte, klang auch irgendwie wie eine Geheimsprache. Wovon redete sie nur?

»Dafür, liebe Marlene, dafür muss ich dir eine Holmes-Münze verleihen. Aber mehr wollen wir zwei den anderen noch nicht verraten, denn …« Wieder wurde Frau Korn unterbrochen. Dieses Mal, weil sich die Klassenraumtür öffnete und Victor im Türrahmen erschien. Mit steinerner Miene nahm er ein kleines Glöckchen von seinem Silbertablett und läutete einmal kurz damit.

»Danke, Victor«, sagte Isolde Korn und fügte mit einem lächelnden Blick in die Runde hinzu: »Ihr müsst nämlich wissen, dass wir hier noch von Hand zur Pause klingeln.«

Verblüfft sahen zwanzig Augenpaare Victor dabei zu, wie seine rechte Hand, die in einem weißen Handschuh steckte, das Glöckchen sorgfältig wieder zurück aufs

Tablett stellte. Er deutete eine leichte Verbeugung an und verließ den Klassenraum genauso lautlos, wie er ihn betreten hatte.

Sekunden später schienen alle gleichzeitig aus ihrer Erstarrung aufzuwachen. Sie quatschten durcheinander, manche sprangen schon auf. Violetta und Evie steckten die Köpfe zusammen und die Blicke, die sie Marlene dabei zuwarfen, beunruhigten Trudy irgendwie.

»Heeeeer-hööööö-reeeen!«, rief Frau Korn, die noch immer auf der Leiter stand und nun wartete, bis alle sich ein wenig beruhigt hatten, bevor sie fortfuhr. »Es steht jedem Schüler frei, meinen Unterricht zu verlassen, wann immer es ihm beliebt. Aber genauso steht es mir frei, diesem Schüler dafür eine Holmes-Münze wegen unerhörten Betragens abzuziehen. Außerdem gebe ich auch noch nach dem Pausenklingeln Hausaufgaben in Geheimschriften auf. Auch dabei steht es euch natürlich frei, diese nicht zu notieren oder diese bis zur nächsten Stunde nicht sorgfältig zu erledigen. Aber – und ich sage es nur einmal, also merkt es euch gut: Ich verstehe in solchen Dingen keinen Spaß. Wenn einer meint, er muss keine Hausaufgaben machen, so bekommt er einen Drei-Holmes-Münzen-Abzug. Jedes Mal. Es wäre für mein Empfinden ungerecht, wenn alle Schüler ihren Nachmittag mit der Erforschung meiner

Hausaufgabe zubringen und einer meint, er könnte stattdessen faulenzen.«

Das ist fair, dachte Trudy und setzte sich schnell wieder hin. Sie konnte schließlich besser rechnen, als Violetta ihr zutraute, und wusste deshalb genau: Ihre letzte Holmes-Münze konnte sie nicht entbehren.

Isolde Korn schien gefunden zu haben, wonach sie gesucht hatte, denn sie schlug ein uraltes, in Leder gebundenes Buch auf und verkündete: »Eure Hausaufgabe bis zur nächsten Stunde: Schreibt den ersten Satz unserer Schulstatuten auf eine genormte Skytale der Stärke 3,75.«

»Wenn es weiter nichts ist!«, rief Violetta, und Evie kicherte albern dazu. »Sicher verraten Sie uns jetzt noch, wo wir die Schulstatuten und diese Sky-Dingsda finden …«

»Sicher nicht«, sagte Frau Korn, während sie die Leiter herabstieg. »Ich weiß ja nicht, was ihr von eurer vorherigen Schule gewöhnt seid, aber ihr stellt euch am besten gleich darauf ein, dass selbstständiges Arbeiten an der Sherlock-Holmes-Academy vorausgesetzt wird. Ihr könnt es hier weit bringen, allerdings müsst ihr euch schon selbst anstrengen. Ihr werdet harte Nüsse zu knacken bekommen. Aber so ist das eben mit den Nüssen …«

Trudy meinte für einen Augenblick lang, einen Uhu

oder Kauz gehört zu haben. Kunststück, dachte sie. Bei der Nebelsuppe da draußen konnte man auch als Vogel den Tagesbeginn schon mal verpassen.

Frau Korns Blick wanderte zum Fenster hinaus und schweifte scheinbar gedankenverloren durch die dichter werdenden Nebelschwaden. »Die Natur schenkt uns die Nüsse, aber knacken …« Sie hielt plötzlich inne und ging zum Fenster hinüber. Trudy wusste sofort, dass sie dort draußen irgendetwas entdeckt haben musste. Nicht irgendetwas. Etwas Spannendes, Geheimnisvolles, Rätselhaftes. Nur allzu gut kannte Trudy diesen Blick, denn ihr Vater setzte ihn immer auf wie eine Brille, wenn er über den Akten eines kniffligen Kriminalfalls brütete.

»… aber knacken müssen wir sie schon selber.« Isolde Korn fuhr herum und klemmte sich das Buch fest unter den Arm. Sie nickte abwesend, warf sich einen Trenchcoat über die Schultern und verließ das Klassenzimmer.

In Trudys Kopf purzelten die Gedanken durcheinander, als wäre ihr Gehirn eine Lostrommel.

»Hey, du!« Eine Mädchenstimme riss sie aus ihren Überlegungen. Violetta stand vor Trudys Pult und musterte sie von oben bis unten, als wäre Trudy ein antikes Ausstellungsstück in einem Museum. »Es hat dir wohl noch keiner gesagt, dass man ziemlich dumm sein muss, wenn man sich in diesem Laden beim

Schulregelnbrechen erwischen lässt.« Violetta schüttelte ihr langes Haar, während sie quer durch die Klasse Evie zurief: »Ich frag mich, wonach die hier ihre Schüler auswählen! Das kann ja lustig werden, wenn wir immer darauf warten müssen, bis Trudy es auch verstanden hat!«

Evie kicherte albern. Andere Schüler sahen Trudy eher mitleidig an, so als täte es ihnen leid, dass sie mit keiner guten Auffassungsgabe gesegnet war.

Trudy aber blickte, ohne mit der Wimper zu zucken, zum Fenster hinaus, denn selbst ein Blinzeln konnte sie sich jetzt nicht erlauben. Ihre ganze Aufmerksamkeit galt Isolde Korn, die quer über den heiligen Rasen Richtung Moor davonlief. Nicht ein einziges Mal sah sie sich dabei um. Sie lief und lief.

Trudy ärgerte sich über ihre Mitschüler, die kreuz und quer durchs Zimmer wuselten und ihr immer wieder die Sicht nach draußen versperrten. Minuten später wurde es endlich ruhig im Klassenraum.

Weit draußen im Moor aber, nur noch schwer durch die weißen Nebelschleier zu erkennen, schlüpfte Isolde Korn gerade zwischen krumm gewachsenen Birkenstämmen hindurch und schien wie von einem Schlund mit riesigen und krummen Zähnen verschluckt worden zu sein.

Längst hatte Trudy ihren Platz verlassen und klebte

sozusagen an der Fensterscheibe. Plötzlich kribbelte es ihr in der Nasenspitze, wie immer, wenn sie ein Geheimnis witterte.

»Ich möchte ja zu gerne wissen …«, flüsterte eine Mädchenstimme neben ihr, ohne zu verraten, was sie gerne wissen wollte.

»Ja, ich auch.« Heftig nickend drehte Trudy sich zu dem zierlichen Mädchen mit den Jadeaugen und dem Sonnenuntergangshaar herum.

Ein Mini, eine Tante und ein Versprechen

Zehn Minuten später rutschte Trudy unruhig auf ihrem Stuhl hin und her. Auf dem Stundenplan stand für die nächste Stunde *Geheimsprachen, Herr Lambus.* Doch Trudy sah nervös zum Fenster hinaus. Was immer Isolde Korn da draußen tat, Trudy würde es schrecklich gerne wissen.

Es klopfte dreimal laut an die Klassenraumtür und Evie rief: »Herein, wenn es nicht noch eine Trudy ist!«, woraufhin ein allgemeines Kichern ertönte.

Ein kleiner Mann mit einem riesigen Schädel betrat den Klassenraum.

»Aha, die Grünschnäbel«, sagte er mit einer etwas piepsigen Stimme und ließ seinen Blick wohlwollend über die Köpfe der neuen Schüler wandern. »Mein Name ist Laurence Lambus und ich bin euer Lehrer für Geheimsprachen.« Er packte seine Tasche unters Pult und wanderte durch den Klassenraum. Seine Arme schienen viel zu lang zu sein, als hätte ein Riese einmal kräftig daran gezogen. Beim Laufen federte er lustig auf seinen kurzen Strickstockbeinen, und sein riesiger Kopf wackelte auf dem dünnen, langen Hals hin und her. Irgendwie erinnerte er Trudy an eine Marionette.

Herr Lambus sprach mit jedem Schüler ein, zwei Sätze, und das verschaffte Trudy Zeit, die Bäume am Ende des Moors nicht aus den Augen zu lassen.

Plötzlich tauchte Herr Lambus neben Trudy auf, beugte sich herab und flüsterte: »Aguatenatagatruadie-ataff.« Wenn Herr Lambus lächelte, konnte man hinten links einen Goldzahn blitzen sehen. Und wie er lächelte!

»Hä?«, Trudy verstand nur Bahnhof. »Äh, wie bitte?«

»Na, da haben sie sich ja gleich die Richtige ausgesucht.« Violetta kicherte hinter vorgehaltener Hand und Trudy warf ihr einen bitterbösen Blick zu. Nur Herr Lambus lächelte weiterhin freundlich. »Ich sag es noch einmal. Dieses Mal ganz langsam. Agu-aten Atag Atru-adie Ataff!«

Trudy versuchte sich nicht anmerken zu lassen, dass sie meinte, Herrn Lambus' Geheimsprache verstanden zu haben. In Geheimsprachen war Trudy ein Ass. Dank Mama. Schon als Trudy ein kleines Kind gewesen war, hatten sie sich eine Menge Geheimcodes ausgedacht. Trudy fand es großartig, dass sie ihrer Mama immer und überall Dinge sagen konnte, die ihr sonst vor anderen peinlich gewesen wären. Und wie schön war es erst gewesen, wenn Mama beim Gutenachtsagen auf dem Weg zur Tür noch leise in den Raum flüsterte: »Ichoch hohabobe dodichoch loliebob.«

»Aguatenatagaherralamabus!«, antwortete Trudy und versuchte an Herrn Lambus vorbeizublinzeln.

Es tat sich was im Moor. Ein kleiner schwarzer Wagen fuhr die Landstraße entlang, die in einiger Entfernung in Richtung I.O.S. abbog. Der Wagen verlangsamte seine Fahrt und kam kurz vor den Birken, hinter denen Frau Korn verschwunden war, zum Stehen.

»Ausgezeichnet!« Dass Herr Lambus keinen Freudenhüpfer machte, war erstaunlich. Seine Stimme überschlug sich fast und Trudy zuckte heftig zusammen, als seine Hand auf ihre Schulter patschte. »Trudy Taff, ich hab's gewusst. Genauso begabt wie der Vater. Du musst wissen, als ich deinen Namen auf der Anmeldung las und dein Foto dazu sah, wusste ich: Das ist Edgar Taffs kleine, entzückende Tochter. Leute, Leute, wie die Zeit vergeht. War er nicht vorgestern noch selber Schüler dieser Academy? Hat er mit zwölf nicht auf exakt dieser Bank gesessen, genau wie seine Tochter nun dreißig Jahre später?«

Trudy hatte ein mulmiges Gefühl im Bauch. Herr Lambus strahlte sie an, als wäre sie ein Stück Schokoladenkuchen. Violetta und Evie und all die anderen Schüler grinsten schadenfroh. Mehr oder weniger. Nur Marlene nicht. Marlene sah Trudy mit hochgezogenen Augenbrauen mitleidig an.

»Einunddreißig Jahre später«, korrigierte Trudy nun

Herrn Lambus, und es war leider das Einzige, was ihr einfiel.

»Ha, ha, ha«, lachte Herr Lambus und meinte fröhlich: »Du nimmst es ganz genau, wie? Eine exzellente Eigenschaft. Besonders für eine angehende Detektivin. Ach, was sag ich! Meisterdetektivin.«

»Wenn er sich da mal nicht täuscht«, sagte Evie leise zu Violetta, aber doch laut genug, dass es alle hören konnten. Auch Herr Lambus. Und das war gut so, denn in der restlichen Schulstunde kümmerte sich Herr Lambus nun ausschließlich um Violetta und Evie. Er ließ sie abwechselnd alles Mögliche in kompliziertesten Geheimsprachen nachsprechen, bis Violettas und Evies Gesichter vor lauter Anstrengung aussahen wie (dampfende und) rotbackige Bratäpfel.

Trudy starrte immerzu nach draußen, die Birken und den schwarzen Wagen fest im Blick. Aber es tat sich nichts.

Die Turmuhr schlug zehn und Herr Lambus horchte auf. »Gut, Schluss für heute. Victor wird jeden Augenblick zur Pause klingeln. Eure Hausaufgabe: Lernt den zweiten Punkt unserer Schulstatuten auswendig. Im Geheimcode ›Vorgesetztes A‹.«

»Sie haben sich wohl abgesprochen!«, rief ein Junge mit schwarzen Haaren und ebenso dunklen Augen, während er die Hausaufgabe notierte.

»Exakt und messerscharf kombiniert«, meinte Herr Lambus zufrieden. »Trudy? Was steht als Nächstes auf eurem Stundenplan? Trudy? Trudy Taff!«

»Ja?« Wohl oder übel musste Trudy ihre Beobachtung unterbrechen und in ihrer Mappe nachsehen. »Geheimtinten, Frau Olivetti.«

»Geheimtinten bei Frau Olivetti.« Herr Lambus seufzte ein wenig. »Nun wollen wir mal sehen, wie gut eure Kombinationsgabe schon ausgereift ist. Welche Hausaufgabe wird Frau Olivetti euch in eurer dritten Schulstunde an eurem ersten Schultag in der Sherlock-Holmes-Academy wohl aufgeben?«

Einige Schüler sahen sich fragend an, andere hoben zaghaft die Hand.

»Ja? Marlene?« Herr Lambus blickte Marlene erwartungsvoll an.

»Schreibt den dritten Punkt der Schulstatuten mit einer Geheimtinte ab?« Marlene flüsterte ihre Antwort beinahe.

Einige Schüler nickten, sie hatten wohl das Gleiche vermutet.

Evie maulte: »Scharf kombiniert. War ja auch einfach.«

Doch Herr Lambus nickte heftig. »Sehr richtig, Marlene. Und ahnst du auch, welche Geheimtinte sie als Erstes einführen wird?«

Jetzt lachte keiner mehr. Wie sollte Marlene das denn wissen können? Schließlich waren sie hier in einer Schule für Detektive und nicht für Hellseher und Wahrsager.

»Ich vermute mal, dass sie mit der Wasserschrift beginnt«, antwortete Marlene, und Trudy sah sie heute schon zum zweiten Mal bewundernd an. Wasserschrift. Davon hatte sie noch nie gehört. Und Marlene sprach fachmännisch darüber, wie andere Mädchen in ihrem Alter höchstens über Klamotten oder die süßen Jungs einer Boygroup sprachen.

»Korrekt!« Selbst Herr Lambus war erstaunt. »Du kennst unseren Lehrplan?«

»Ja«, gab Marlene zu. »Aber das hätte ich auch ohne Lehrplan geraten, denn für die Wasserschrift brauchen wir keine Utensilien und auf dem Stundenplan war unter *benötigtes Material* nichts eingetragen.«

»Fantastisch«, murmelte Herr Lambus und blickte dann auf das Zifferblatt seiner Armbanduhr. Offensichtlich irritiert schritt er zum Fenster hinüber, öffnete es und lehnte sich weit hinaus. Danach versuchte er es bei der Klassenzimmertür, öffnete sie und sah nach links und rechts den langen Korridor entlang. Kopfschüttelnd holte er schließlich seine Tasche unter dem Pult hervor und sagte: »Victor muss uns vergessen haben. Es ist schon zehn Minuten nach zehn. Geht in die Pause und ich sage Frau Olivetti, dass ihr ein paar Minuten später kommt. Ihr kennt doch den Weg ins Laboratorium?«

Als niemand antwortete und alle ihn nur fragend ansahen, stellte er seine Tasche noch einmal ab und ging zum Fenster hinüber. »Seht ihr dort im Anbau auf der gegenüberliegenden Seite die kleine Holztür?«

Trudy reckte sich und nickte.

»Ihr findet hinter dieser Tür eine kleine Wendeltreppe. Nach links führt der Gang in die Bibliothek, nach rechts ins Laboratorium. Seid vorsichtig, denn die dritte Stufe von oben ist lose.« Herr Lambus sah noch einmal fragend auf seine Armbanduhr. »Deshalb bringt Victor unsere neuen Schüler auch immer persönlich zu ihrer ersten Stunde bei Frau Olivetti. Immer.«

»Immer, bis auf heute«, verbesserte Violetta ihn.

Trudy biss nachdenklich in einen Apfel und hüpfte unruhig von einem Bein aufs andere.

»Ich verstehe das nicht.« Marlene untersuchte ihr Pausenbrot.

»Was verstehst du nicht?« Neugierig beäugte Trudy die Gurkenscheiben, die Marlene aus dem Brot zupfte.

»Doch nicht die Gurken.« Marlene lächelte Trudy an und deutete mit dem Kopf Richtung Hauptstraße. »Ich meine natürlich Isolde Korn.«

»Ja, das verstehe ich auch nicht.« Trudy ging ein paar Schritte um die Hausecke herum, vorbei an einem herrlich duftenden Holunderbusch. Von hier aus konnte man die Birken und das schwarze Auto auf der Straße Richtung I.O.S. gut überblicken.

»Verflixt!«, schimpfte Marlene und besah ihre Füße. Sie war versehentlich einen Schritt vom Weg abgekommen und nun sickerte Moorwasser in ihre Schuhe. »Wie kommt man auch auf die Idee, in einem Sumpf wie diesem seinen Schülern solche Schuhe anzudrehen?«

»Sieh nur!«, rief Trudy und zeigte mit dem Apfel in der Hand Richtung Landstraße. Das schwarze Auto setzte sich in Bewegung. Es wendete und fuhr denselben Weg zurück.

Trudy und Marlene schlichen immer weiter an der Hauswand entlang. Das Auto kam näher und Trudy flüsterte: »Das ist ein alter Mini.«

»Hmm, hmm!«, machte Marlene schmatzend.

Plötzlich verlangsamte das Auto seine Fahrt und bog in die Zufahrt zur Sherlock-Holmes-Academy ein.

»Der kommt zu uns«, wisperte Trudy und warf den Rest ihres Apfels im hohen Bogen ins Gebüsch, woraufhin ein paar Krähen laut kreischend aufstoben.

Die Mädchen zuckten zusammen.

»Oh, Mann. Hab ich mich erschreckt!«, hauchte Marlene und wickelte das Pausenbrot wieder ein.

Der Mini kam näher und näher.

»Was der hier wohl will?«, fragte Marlene und stopfte das Frühstück in ihre Schultasche.

»Nicht der«, antwortete Trudy, ohne sich umzusehen. »Die!«

Der kleine schwarze Wagen kam an der Rückseite des Gebäudes zum Stehen und Trudy und Marlene beobachteten durch einen dichten Brombeerbusch, wie auf der Beifahrerseite Isolde Korn ausstieg.

»Ist das Isolde Korn?«, fragte Marlene.

»Ja«, bestätigte Trudy, die von ihrem Platz im Gebüsch deutlich mehr erkennen konnte als Marlene.

Auf der anderen Seite stieg eine ebenfalls ältere Dame aus. Sie trug einen braunen Wollmantel und einen Hut, der einer umgedrehten Salatschüssel nicht ganz unähnlich war.

»Wir sehen uns, Rita.« Isolde Korn nickte der Fremden zum Abschied zu und wollte schon durch eine Hintertür im Bibliothekstrakt verschwinden, als der Dame namens Rita etwas einfiel.

»Ach, Isolde. Sag, wann endet der Unterricht am Freitagnachmittag?«

»Um drei, Rita, warum?«, fragte Isolde Korn und kam noch einmal ein paar Schritte zurück.

»Nun, Edgar bat mich, dass ich mich an den Wochenenden ein wenig um seine kleine Tochter kümmere. Ich habe vor, das Kind an den Wochenenden zu mir einzuladen. Wie ist noch gleich ihr Name?«

»Trudy. Sie haben sie Trudy genannt, Rita. Trudy Taff.« Isolde Korn winkte kurz zum Abschied und öffnete die Tür.

»So, Trudy Taff also. Bestell meiner Nichte Trudy herzliche Grüße. Sie soll sich am Freitag um drei bereithalten und ihre Tasche gepackt haben!«, rief Rita Isolde Korn hinterher.

»Das wird nicht mehr nötig sein«, flüsterte Trudy, zupfte ein paar stachlige Äste von ihrem Pullover und sah fassungslos die ebenso entsetzte Marlene an.

Nachtschwärmer

»Nennen Sie mich doch einfach Evie«, äffte Marlene Evelyn nach, während sie in Trudys Zimmer auf und ab ging. »Pah«, machte sie, als sie am Fenster ankam und die nächste Kehrtwende hinlegte. »Bin ich froh, dass hier wenigstens *eine* halbwegs normal zu sein scheint.«

»Von wem redest du?«, fragte Trudy abwesend und spähte weiterhin durch ihr Teleskop. Nicht in den Nachthimmel. Wozu auch? Die Aussicht auf eine Sternschnuppe, mit der sie Violetta und Evie weit wegwünschen konnte, war mehr als gering bei den gespenstischen Nebelschwaden dort draußen. Nein, seit sie nach dem Abendessen in ihr Zimmer gegangen war, lag sie auf der Lauer. Sie würde die Landstraße und den kleinen Birkenwald dort draußen nicht aus den Augen lassen. Nicht, solange sie noch irgendetwas erkennen konnte.

»Sag ich ja, halbwegs normal.« Marlene blieb vor Trudy stehen und grinste sie verschmitzt an.

»Wie?« Trudy pustete sich eine schwarze Haarsträhne aus dem Gesicht.

Marlenes Grinsen wurde breiter und breiter. Erst als sie so aussah, als stecke ihr eine Salzstange quer im Mund, fiel bei Trudy der Groschen. »Du meinst mich?

Wieso bin ich nur halbwegs normal? Ist das ein Kompliment oder eine Beleidigung?«

»Du musst zugeben, dass du schon etwas schräg drauf bist.« Marlene schob Trudy zur Seite, um auch mal durch das Teleskop sehen zu können. »Was glaubst du, was dort draußen um diese Zeit noch passieren kann?«

»Alles Mögliche.« Jetzt war es Trudy, die im Zimmer auf und ab tigerte. Ihre Füße steckten in den dicksten Kuschelsocken, die sie finden konnte, aber selbst diese verhinderten nicht, dass die Kälte der alten Landschlossfliesen unter ihre Fußsohlen kroch. »Was weiß ich, was die da draußen so Dringendes besprechen mussten? Waren sie verabredet? Und wenn ja, wie hat diese andere Person es dann erfahren?«, überlegte Trudy laut.

»Mit dieser *anderen Person* meinst du nicht deine Tante Rita, oder?« Marlene kicherte leise.

»Erinnere mich nur nicht daran«, stöhnte Trudy und warf sich aufs Bett. Wenn sie noch länger über den Steinfußboden laufen würde, hätte sie morgen vermutlich Frostbeulen an den Füßen.

»Weißt du, dass es ziemlich unglaublich klingt? Ich meine, dass du eine Tante hier draußen im Moor haben sollst, von der du noch nie gehört hast«, flüsterte Marlene, denn auf dem Gang waren Schritte zu hören. Eigentlich war es verboten, sich zu dieser Uhrzeit noch zu besuchen. Es war immerhin schon 23:12 Uhr. Erschwerend kam hinzu, dass Marlenes Zimmer exakt ein Stockwerk tiefer lag und sie somit einen ziemlich langen Fluchtweg durchs Treppenhaus zurück hatte.

»Klar hab ich schon eher von Tante Rita gehört. Eine Menge sogar.« Trudy überlegte. »Sie ist Papas ältere Schwester und er hat mir viel von ihr erzählt. Damals, als ich noch ein Kind war.«

»Was denn so?«, fragte Marlene neugierig, aber bevor Trudy antworten konnte, legte Marlene einen Finger an die Lippen und schlich zur Zimmertür. Leise öffnete sie die schwere Holztür einen Spalt, um sie Sekunden später schnell wieder zu schließen. Ihr Mund formte das Wort »Victor«, ohne auch nur einen einzigen Pieps hervorzubringen.

Mit einem Satz sprang Trudy vom Bett und schubste dabei die Nachttischlampe um. Es war ein fürchterlicher Knall, der von Trudys Zimmer aus durch die Flure des alten Gemäuers schallte.

Mit weit aufgerissenen Augen sah Marlene Trudy an.

Trudy zuckte nur hilflos mit den Schultern und warf einen ärgerlichen Blick auf die Lampe.

Die schlurfenden Schritte auf dem Flur kamen zurück. Marlene stellte sich neben die Zimmertür, presste sich mit dem Rücken gegen die Wand, und Trudy schlüpfte geschwind in ihren Morgenmantel. Grässlich, dachte sie, als sie im Spiegelbild eines Fensters an dem dunkelgrünen Samtstoff zupfte. Wer hatte eigentlich all diese Kleidung ausgesucht? In Windeseile schob sie die Hosenbeine ihrer Trainingshose bis zu den Knien hoch, damit sie nicht mehr verräterisch unter dem Mantel hervorlugten, und setzte sich auf ihren Schreibtischstuhl, bereit, dem Schicksal ins Auge zu sehen.

Die Schritte auf dem Flur stoppten vor ihrer Zimmertür und Trudy strich wie immer, wenn es ernst wurde, die Haare hinter die Ohren. Sie holte tief Luft und wartete dann mit angehaltenem Atem darauf, dass die Tür sich öffnen würde. Einundzwanzig, zweiundzwanzig, zählte sie in Gedanken die quälenden Sekunden, aber nichts geschah.

Marlene ließ den geschwungenen, schmiedeeisernen Türgriff nicht aus den Augen, als wäre er ein schlafendes Ungeheuer, das jeden Moment aus seiner Nachtstarre erwachen würde.

Dreiundzwanzig. Alles blieb still. Trudy war gerade bei vierundzwanzig, als das sich entfernende Schlurfen auf dem Flur Entwarnung gab. Die Schritte wurden leiser und irgendwann verschluckte sie die Stille der alten Mauersteine gänzlich.

Trudy atmete mit einem »Püüüh« die angehaltene Luft aus. »Das war knapp.« Bibbernd zog sie die Hosenbeine wieder herunter und konnte sich ein Grinsen nicht verkneifen, als sie zusah, wie Marlene vor Erleichterung in sich zusammensackte.

»Ist das Leben mit dir eigentlich immer so spannend?«, fragte Marlene, deren Gesicht langsam wieder eine halbwegs gesunde Farbe annahm.

»Das nennst du spannend?« Trudy zog verblüfft eine Augenbraue hoch. »Du hast noch nicht viel Spionageerfahrung, nehme ich an?«

»Nein, leider«, gab Marlene zu und setzte sich auf Trudys Bett. »Meine Eltern sind nur Kommissare. Unten im Dorf. Das Spannendste, an das ich mich erinnern kann, war das spurlose Verschwinden der Frau des Bürgermeisters.«

Trudys Augen begannen zu strahlen. »Und? Habt ihr sie aus den Händen der Entführer freibekommen oder musstet ihr das Lösegeld zahlen?«

»Weder noch.« Marlene schüttelte bedauernd den Kopf.

»Du meinst, sie ist ge …?« Trudy wagte nicht, das Wort auszusprechen.

»Gefunden worden.« Marlene lachte über Trudys betroffenes Gesicht. »Sie hatte sich versehentlich am frühen Morgen im Weinkeller eingesperrt. Als das Sondereinsatzkommando im Haus des Bürgermeisters auf Spurensuche ging, hat man sie schließlich im Keller gefunden.«

»Du willst sagen, euer Bürgermeister hatte sie gar nicht gesucht?«, fragte Trudy verblüfft.

»Doch, aber wohl nicht gründlich genug. Jedenfalls nicht in seinem neuen Weinkeller. Und das war ein Fehler, denn er hatte ihn gerade erst aus extra dicken Steinen bauen lassen. Du weißt schon, wegen der Nässe vom Moor und so. Leider, leider hat das den Kellerraum aber auch so gut wie schalldicht gemacht. Die arme Frau Bürgermeister hätte noch tagelang rufen können.«

»Stellt sich nur noch eine Frage«, sagte Trudy.

»Was denn?« Marlene horchte neugierig auf.

»Was hat die Frau vom Bürgermeister zu so früher Stunde im Weinkeller gemacht?« Trudy zupfte grübelnd an ihrer Unterlippe.

Marlene kicherte und kicherte, bis ein lautes Klopfen an der Zimmertür sie zusammenfahren ließ.

»Wer ist da?«, rief Trudy und sprang erschrocken auf.

»Isolde Korn«, klang es prompt und dumpf durch die Tür ins Zimmer hinein.

»Einen Moment!« Alarmiert sah Trudy Marlene an und lief kreuz und quer im Zimmer umher, bis sie in letzter Verzweiflung die Tür des uralten Kleiderschranks aufriss. Sie schnappte nach Marlenes Hand, zog ihre Freundin hinter sich her und schubste sie in dem Augenblick in den Schrank hinein, als die Klinke an der Zimmertür heruntergedrückt wurde. Als die Tür leise geöffnet wurde, schloss Trudy gerade den Kleiderschrank ab und stopfte den Schlüssel in die Tasche des Morgenmantels.

Ich darf Marlene darin nur nicht vergessen, schoss es Trudy durch den Kopf, sonst geht es ihr am Ende noch wie der Frau vom Bürgermeister.

»So spät noch auf den Beinen, Trudy Taff?«, fragte Isolde Korn, die ebenfalls in einem Morgenmantel steckte. Ihrer war allerdings schneeweiß und hatte so weite Trompetenärmel, dass sie ein wenig wie ein Engel aussah, wenn man mal von ihrem zornigen Blick absah.

Hinter ihr stand Victor, wie immer im schwarzen Anzug und mit weißen Handschuhen. Er hielt eine Laterne in der Hand und sah aus, als wäre er ein Nachtwächter.

»Ich recherchiere noch«, sagte Trudy und versetzte dem Teleskop einen kleinen Schubs, sodass es vorne nach oben schoss und nun auf den Nachthimmel ausgerichtet war.

»Aha«, machte Isolde Korn nur und ging zum Schreibtisch. »Es ist gut, gründlich zu arbeiten. Ich mag diesen Charakterzug sehr an meinen Schülern. Aber ich mag es noch lieber, wenn deine Recherchen sich auf meine Hausaufgaben beziehen.«

»Selbstverständlich, Frau Korn«, sagte Trudy kleinlaut und beobachtete mit klopfendem Herzen, wie Victor mit seiner Laterne unter ihr Bett leuchtete.

»Du gibst also zu, dass du keine Hausaufgaben gemacht hast?«, fragte Isolde Korn verblüfft, ging zum Teleskop und spähte hindurch. »Hach, ich liebe diese Himmelsspäher! Du auch, Trudy Taff?« Frau Korn seufzte. »Schade, dass wir hier im Wollmoor kaum sternenklare Nächte haben. Aber wenn ...« Sie blickte auf und zwinkerte Trudy zu. »Wenn es mal eine sternenklare Nacht gibt, dann hat man eine Menge von hier oben zu beobachten. Die anderen Schüler werden dich um dieses Zimmer beneiden.«

»Isolde? Äh, Frau Korn?« Victor schien irritiert zu sein, fieberhaft suchte er das ganze Zimmer ab. Er leuchtete in die Ecke hinter dem Nachtschränkchen, unter den Schreibtisch und sogar hinter die Vorhänge. »Es waren eindeutig zwei Stimmen.«

»Ja, das sagtest du, Victor.« Isolde Korn nickte, als Victor zum Kleiderschrank hinüberging.

Mist, dachte Trudy, sie hatten es also auch gehört! Kurz zuvor hatte Trudy nämlich einen dumpfen Knall aus dem Schrank vernommen. Hoffentlich war Marlene nicht vor lauter Angst ohnmächtig umgefallen.

»Habe ich die Erlaubnis, in den Schrank zu sehen?«, fragte Victor zu Trudys Entsetzen.

»Nein!«, rief Trudy und sprang mit wenigen Sätzen

zum Kleiderschrank, um sich mit ausgebreiteten Armen schützend davorzustellen. Sie meinte geradezu, hinter sich durch die schwere Holztür Marlenes Angstgebibber zu spüren. Es war ihr, als würde ein kalter Atemzug ihren Nacken streifen.

»Nun red keinen Unsinn, Trudy Taff«, sagte Isolde Korn lächelnd. »Was könnte wohl in diesem Schrank sein, das wir noch nicht kennen? Ich meine, auch du hast bei *Lady Lambswool* eingekauft, nicht wahr?«

»Lady Lambswool?«, fragte Trudy verblüfft.

»Meine liebe Trudy!« Isolde Korn legte das Buch mit dem Titel *Undercover – Oder: Wie man sich nicht erwischen lässt*, in dem sie gerade geblättert hatte, zurück auf den Schreibtisch. »Auch wir Lehrer haben alle damals als Schüler dieser Academy angefangen. Und jeder von uns hatte seine Begegnungen mit *Lady Lambswool*, wie wir sie damals schon nannten. Zu meiner Zeit war es natürlich noch ihre Mutter.« Isolde Korn zwinkerte Trudy aufmunternd zu und schob sie ein Stückchen zur Seite. Als sie sah, dass der Kleiderschrank abgeschlossen war, hielt sie Trudy wortlos ihre offene Hand hin. »Nun lass mich nicht warten, Trudy Taff. Wir öffnen diesen Schrank jetzt sowieso. Notfalls mit Gewalt. Es wäre nur schade um das schöne alte Holz, findest du nicht auch?«

Fieberhaft überlegte Trudy, ob ihr nicht noch irgendeine rettende Idee einfallen könnte. Aber es hatte keinen Zweck. Frau Korns entschlossener Blick ließ gar keinen Zweifel daran, dass sie ihr Versprechen wahrmachen und als Nächstes Victor beauftragen würde, das Schloss aufzubrechen. Also fingerte sie nach dem Schlüssel und legte ihn zögernd in Isolde Korns Hand.

»So, da wollen wir mal sehen«, sagte diese fröhlich, und Trudy fand, dass Isolde sich das Zwinkern auch hätte sparen können.

Die Lehrerin öffnete die Schranktür und ging dann einen Schritt zurück. »Bitte, Victor.«

Victor leuchtete mit seiner Laterne in den Kleiderschrank. Die arme Marlene, dachte Trudy, als sie sich vorstellte, wie schrecklich das alles erst für sie sein musste.

Victor beugte sich weit in den Schrank, schob die Kleiderbügel zur Seite, auf denen natürlich der Dufflecoat, Karoröcke, zwei Trenchcoats, Blusen und ein zweiter Trainingsanzug hingen. »Seltsam«, sagte er leise und ging dann sogar einen Schritt in den Kleiderschrank hinein.

Isolde Korn zwinkerte Trudy ein zweites Mal zu.

Trudy fand die Vorstellung aber keineswegs lustig, wie die arme Marlene vor Angst bebend in einer Ecke des Kleiderschranks hockte und darauf wartete, dass Victor sie erwischte.

Die Sekunden verstrichen. Victor war inzwischen komplett im Kleiderschrank verschwunden.

»Nun, Victor?«, rief Isolde in den Schrank.

Augenblicke später kam Victor wieder aus dem Schrank gekrochen und schüttelte den Kopf. »Ich war mir sicher, entschuldige, Iso... äh, entschuldigen Sie, Frau Korn.«

»Gut, hätten wir das also geklärt.« Isolde Korn schloss den Schrank und deutete zur Zimmertür. »Höchste Zeit, schlafen zu gehen. Für uns alle.«

Victor ging nur zögernd zur Tür. Immer noch suchte er mit seiner Laterne die dunklen Nischen in Trudys Zimmer ab.

»Solltest du, junge Dame, noch einmal mitten in der Nacht mit Marlene eine Sonderkommission einberufen, dann muss ich darüber nachdenken, ob dieses Zimmer wirklich die richtige Wahl für dich war«, raunte Isolde Korn Trudy mit ernster Stimme zu.

Trudy wollte gerade protestieren, aber Frau Korn ließ sie nicht zu Wort kommen. »Und noch etwas, Trudy Taff«, flüsterte sie noch leiser. »Das nächste Mal solltest du die Hosenbeine deines Sportanzugs richtig hochschieben, wenn du uns vormachen willst, dass du auf dem Weg ins Bett warst.«

Sie richtete sich auf und laut sagte sie: »Gute Nacht, Trudy Taff. Was auch immer du hier angestellt hast, wir wollen in dieser Nacht keinen Pieps mehr aus diesem Zimmer hören. Haben wir uns verstanden?«

»Verstanden und versprochen.« Trudy nickte und guckte immer wieder sorgenvoll zum Kleiderschrank. Was war nur mit Marlene geschehen?

Isolde Korn hatte noch nicht ganz die Zimmertür hinter sich geschlossen, als Trudy zum Kleiderschrank eilte, um die arme Marlene aus ihrem dunklen Gefängnis zu befreien. Zuerst flüsterte sie leise: »Marlene, du kannst rauskommen.« Dann stieg sie, so wie Victor zuvor, in den Kleiderschrank hinein. Aber auch Trudy konnte Marlene nicht finden.

Nun glaubte Trudy selbstverständlich nicht an Zauberei. In ihren Augen gab es für alles eine Erklärung. »Wer an Zauberei glaubt, der ist nur zu faul, den Dingen auf den Grund zu gehen«, sagte Papa immer. Also musste sie irgendetwas übersehen haben. Sie stieg aus dem Schrank und richtete ihre Nachttischlampe so aus, dass der Lichtkegel in den offenen Schrank hineinleuchtete. Schon besser. Dann schob sie die Kleider weit auseinander, um die Rückseite der Schrankwand genauer untersuchen zu können. Das alte Holz roch etwas modrig und Trudy nahm sich vor, bei ihrem nächsten Einkauf *Lady Lambswool* vorzuschlagen, kleine Duftkissen mitzuliefern. Der alten Dame würde das gewiss gefallen, und mal ganz ehrlich: Es war schon schlimm genug, in dieser Kleidung wie aus dem vorletzten Jahrhundert auszusehen, da war es überflüssig, auch noch so antik zu riechen.

Trudy suchte und suchte, aber sie konnte das Geheimnis des Kleiderschranks nicht lüften. Irgendwann setzte sie sich auf den kalten Fußboden vor den Schrank und überlegte.

Gerade in dem Augenblick, in dem sie das erste Mal begann, an den Worten ihres Vaters zu zweifeln, und sich mit dem Gedanken anfreunden wollte, dass es doch so etwas wie Zauberei geben musste, gerade in diesem Moment geschah es.

Der Fußboden des Kleiderschranks wackelte, dann ein dumpfes Poltern. Sekunden später hob sich leise knarrend eine etwa nachttischgroße Bodenplatte. Darunter erschien Marlenes unverwechselbarer Sonnenuntergangs-Haarschopf und sie wisperte: »Das hier ist eindeutig das Spannendste, das ich je erlebt hab, Trudy Taff!«

Dreizehn Birken

Marlene stieß die Bodenplatte weit auf und verschwand wieder im Sockel des Kleiderschranks. Trudy spähte vorsichtig in die Tiefe. Sie gab es zwar nicht zu, aber dieser soeben entdeckte Geheimgang war auch in ihrem Leben das bisher vermutlich Spannendste. Von unten schimmerte blasses Licht zu ihr hinauf und so konnte sie erkennen, dass in dem Loch unter dem Kleiderschrank eine Strickleiter hing.

»Nun komm schon! Oder traust du dich nicht?«, raunte Marlene ungeduldig von unten der noch immer zögernden Trudy zu.

Trudy stellte behutsam einen Fuß in die erste Schlaufe der Leiter und testete, ob diese sie hielt. Vorsicht ist eben die Mutter der Porzellankiste und die Großmutter aller Detektive. Dann stieg sie zu Marlene hinab. Die Strickleiter schaukelte und Trudy stieß mal links, mal rechts gegen das raue Mauerwerk. Die Strickleiter endete genauso, wie sie begonnen hatte: in einem Kleiderschrank voller Trenchcoats, Karoröcke und Flanellpyjamas.

»Darf ich vorstellen?«, fragte Marlene, die mitten im Raum stand. »Mein Zimmer.«

»Dein Zimmer?« Trudy schob die Karoröcke zur Seite und sah sich verblüfft um. Dieses Zimmer sah haargenau so aus wie ihres. Der gleiche Schreibtisch, das gleiche Bett, sogar die kleine Nachttischlampe war das gleiche Modell.

Marlene sah Trudy mitleidig an. »Es tut mir leid, dass ich so einen Lärm veranstaltet habe. Du musst schreckliche Angst gehabt haben. Aber ich konnte ja nicht wissen, dass ich nicht auf dem Boden, sondern auf der Holzluke zu meinem Kleiderschrank stand.« Sie rieb über ihren Rücken. »Die Landung war nicht gerade sanft.«

Trudy stieg aus dem Schrank und konnte ihre Entdeckung noch immer nicht fassen. »Weißt du, was das bedeutet?«, flüsterte sie.

»Ja.« Marlene nickte und spähte mit verschwörerischem Seitenblick zur Tür. »Das bedeutet, wir können uns besuchen, wann immer wir wollen.«

»Das auch«, bestätigte Trudy. »Aber das meine ich nicht. Isolde Korn hat eben so seltsame Andeutungen gemacht. Jede Wette, dass sie diesen Geheimgang kennt, Marlene.«

»Glaubst du?« Marlene riss ihre Augen weit auf. »Aber woher? Und warum hat sie ihn nicht längst verschließen lassen?«

»Das frage ich mich auch«, sagte Trudy. »Aber ich bin mir sicher ...«

»Sicher, dass …?«, fragte Marlene ungeduldig.

»Na, sicher, dass wir es herausfinden werden.«

Am nächsten Morgen kam Trudy nicht zu spät zum Frühstück, was aber einzig und allein daran lag, dass Marlene sie pünktlich geweckt hatte.

Minutenlang hatte sie aus der Luke zum Geheimgang Trudys Namen gerufen.

»Entschuldige«, sagte Marlene, als Trudy mit zerzaustem Haar und noch im Pyjama die Türen ihres Kleiderschranks aufriss. »Aber ich wollte ganz sicher sein, dass ich das alles hier letzte Nacht nicht nur geträumt hab.«

Eine Viertelstunde später waren sie fast die Ersten, die den großen Speisesaal betraten. Fast, denn Victor war natürlich schon da. »Guten Morgen!«, sagte er und seine Stimme klang höflich wie immer. Er trug auf seinem Silbertablett eine Milchkanne zu dem Tisch, auf den Marlene und Trudy nun zusteuerten. »Löblich«, sagte er und stellte die Kanne ab. »Abends die Letzten und morgens die Ersten.«

»Guten Morgen, Victor«, sagte Marlene gut gelaunt. Zu gut gelaunt, fand Trudy und befürchtete, dass Marlenes ausgezeichnete Stimmung ihre nächtliche Entdeckung noch verraten würde.

»Morgen«, sagte Trudy deshalb nur einsilbig.

Der Speisesaal war der schönste Raum des ganzen Landschlosses und erstreckte sich über den gesamten Querbau zwischen den beiden Türmen in der ersten Etage. Durch die bodentiefen Fenster hatte man eine prima Aussicht über das gesamte Wollmoor, den kleinen Birkenwald und noch viel, viel weiter. Dass sie heute Morgen sogar die ersten Häuser vom Nachbarort Cranesbill sehen konnten, lag am herrlichen Sonnenschein, den Trudy zum ersten Mal seit ihrer Ankunft in der Academy erlebte. Die Sonnenstrahlen schienen mit den Nebelschleiern einen stillen Kampf auszufechten. Und heute sah es ganz danach aus, als würde das Sonnenlicht der Sieger sein. Immer tiefer drückte es die weißen Nachtgespenster zurück in den morastigen Boden.

Trudy gähnte und griff nach der Milchkanne. »Mann, bin ich müde«, flüsterte sie der neben ihr sitzenden Marlene zu.

»Frag mich mal«, antwortete Marlene vergnügt, schnappte sich ihren Teller und spazierte zum Büfett. Es ist erstaunlich, dass sie nicht hüpft, dachte Trudy lächelnd, nippte an ihrer Milch und sah gedankenverloren in die Ferne. Zum ersten Mal konnte sie die vielen kleinen Wassergräben sehen, die sich wie Blindschleichen durchs Moor zogen. Ein kleiner Fluss schlängelte sich durch die Sumpflandschaft und verlor sich irgendwo hinter der Landstraße, die zur I.O.S.

führte. Die Birken sahen an diesem klaren Morgen aus wie lange Arme, die aus dem Moor ragten. Auf der Landstraße fuhr ein kleiner Schulbus.

»Und?«, fragte Marlene und legte Trudy eine Scheibe Toast auf den Teller. »Alles ruhig?«

»Bis gerade schon.« Trudy stellte ihre Tasse ab und deutete Richtung Birkenwald. Der schwarze Mini war wieder da, verlangsamte seine Fahrt und hielt an. Das bedeutete …

»Tante Rita!«, rief Marlene überrascht.

Entsetzt sah Trudy sich zu Victor um. Aber dieser war zum Glück mit Violetta und Evie beschäftigt, die soeben den Speisesaal betreten hatten und lautstark auf ihn einredeten, weil sie lieber Kaffee wollten. Schließlich seien sie jetzt angehende Detektive und fast erwachsen. Solch einen Kinderkram wie warme Milch am Morgen würden sie nicht mehr akzeptieren. Evie meinte sogar, das wäre schlecht fürs Image.

»Bist du verrückt?«, zischte Trudy warnend. »Du kannst doch Tante Rita nicht verraten.«

»Wieso verraten?«, fragte Marlene.

»Jede Wette, dass keiner erfahren soll, dass sie so früh dort ist. Guck doch mal, sie hat ihr Auto komplett hinter den Bäumen versteckt.«

»Hmm.« Marlene biss in ihren Toast. »Daff mafft ja keinen fffinn!«, sagte sie mit vollem Mund.

»Hmm. Oder eben doch«, fand Trudy und fügte nach einiger Überlegung hinzu: »Das Beste wird sein, wenn ich mir diesen interessanten kleinen Birkenwald einmal genauer ansehe.«

»Jetzt?«, fragte Marlene und sah Trudy hinterher, die schon aufgesprungen war.

»Wann sonst?«, antwortete diese mit hochgezogenen Augenbrauen.

»Und ich?«, wollte Marlene wissen und sah bedauernd auf ihr Frühstück.

»Na, du lenkst die da ab«, flüsterte Trudy mit einem kurzen Seitenblick auf Victor, der leise tuschelnd mit Frau Korn redete, schnappte sich zwei Äpfel von der langen Tafel und huschte aus dem Speisesaal.

»Trudy Taff!«, pfiff Frau Korns Ruf sie zurück.

»Ja, Frau Korn?« Trudy stoppte kurz vor der großen Flügeltür.

»Denk dran: Nicht rennen!«

Es herrschte zu dieser Stunde eine große Betriebsamkeit in dem alten Landschloss. Ein Summen und Brummen wie in einem Bienenkorb, dachte Trudy, als sie die große Freitreppe hinter dem Portal hinunterflitzte.

Sie ging in die gleiche Richtung wie Isolde Korn gestern. Allerdings hatte sie gestern nicht gesehen, dass es einen richtigen Weg gab, der schnurstracks vom Internat zu den Birken führte. Gut, es war kein gepflasterter, noch nicht einmal ein mit Kieselsteinen bestreuter Weg. Nein, es war mehr ein Trampelpfad durchs Moor, der aber immerhin so aussah, als wäre er schon sehr häufig benutzt worden. Trudy wunderte sich nicht lange darüber, denn in einem solchen Sumpf hatte man nicht viele Möglichkeiten, trockenen Fußes irgendwohin zu gelangen.

Zwischendurch sah sie über die Schulter oder zählte die Glockenschläge der Turmuhr. Zwanzig Minuten blieben ihr noch. Welch ein Glück, dass Marlene sie so zeitig geweckt hatte. Hoffentlich war Marlene mit einem ebenso erfolgreichen Talent im Ablenken gesegnet.

Trudy hatte die Entfernung zum Birkenwald unterschätzt. Sie musste sich beeilen, wenn sie pünktlich um 8:30 Uhr im Unterricht sein wollte. Sie rannte jetzt beinahe und freute sich, dass der weiche Boden die Geräusche ihrer Schritte verschluckte. Selbst wenn Tante Rita noch irgendwo zwischen den Bäumen herumstreifen sollte, sie würde Trudy nicht kommen hören. Trudy überlegte sich aber zur Vorsicht schon einmal eine Ausrede für Tante Rita, falls sie diese dort antreffen sollte. Doch all die Gedanken waren überflüssig, denn Tante Rita war mitsamt dem schwarzen Mini verschwunden.

Seltsam, überlegte Trudy. Sie hatte sie gar nicht wegfahren sehen. Logischerweise muss sie also genau in der Zeitspanne weggefahren sein, in der ich vom Speisesaal zum Schlossportal gelaufen bin. Das war die einzige Zeit, in der ich die Bäume und die Landstraße aus den Augen gelassen habe, dachte Trudy. Sie hatte inzwischen die Birkengruppe erreicht und das Erste, was sie tat, war zählen. Das machte Trudy immer. Egal, was es war, sie zählte es. Wenn sie ein neues Schreibheft kaufte, dann zählte sie die Linien. Bekam sie neue Schuhe, so zählte sie die Ösen für die Schnürsenkel. Sagte ihr jemand zum ersten Mal seinen Namen, so zählte sie die Buchstaben. Sie liebte Vornamen mit sieben Buchstaben. Am meisten mochte sie *Antonia*, nicht nur, weil ihre Mutter so hieß. Und es war sicher auch kein Zufall, dass ihre neue Freundin in der Sherlock-Holmes-Academy einen Sieben-Buchstaben-Namen trug.

»Elf«, flüsterte Trudy und zählte noch einmal in die andere Richtung. Kein Zweifel, es waren elf Birken. Sie zog einen kleinen Notizblock aus ihrer Rocktasche und schrieb die Anzahl der Birken auf. Dann machte sie eine grobe Skizze von der kleinen Baumgruppe. Zu mehr reichte die Zeit leider nicht. Schnell huschte sie noch auf die Landstraße, um einmal in beide Richtungen zu sehen. Auf einem Straßenschild, das sie aus der Entfernung noch gerade so entziffern konnte, las sie:

Zur I.O.S. 3 km. Trudy staunte. Sie hatte nicht geahnt, dass das Spionage-Internat so nah war. Zu schade, dass sie heute Morgen in den Unterricht musste. Sie bedauerte es zutiefst, sich schon auf den Rückweg machen zu müssen.

Als sie zwischen den weißen Baumstämmen hindurchhuschte, sah sie es. In die Rinde einer Birke war etwas eingeritzt. Trudy stoppte und fuhr mit dem Zeigefinger über die feuchte Zeichnung, die eine Eule andeutete. Eine schwarze Eule in der weißen Birkenrinde.

Die Turmuhr hatte längst Viertel nach acht geschlagen, als Trudy schließlich endlich den Weg zurückrannte. Nur einmal hielt sie kurz inne, so herrlich war der Anblick der Sherlock-Holmes-Academy. Das Sonnenlicht spiegelte sich in den Fenstern des alten Schlosses mit seinen zwei Türmen links und rechts.

»Wow«, entfuhr es Trudy und sie flüsterte: »Wuchtig!«. Wuchtig war zurzeit ihr Lieblingswort, genauer gesagt seit drei Tagen. Eine Chance, Trudys Lieblingswort zu werden, hatten Worte schon allein, wenn sie sich aus sieben Buchstaben zusammensetzten. Und ihr fiel seit Tagen kein besseres Wort für all die tollen Dinge hier ein. Als sie die Sherlock-Holmes-Academy das erste Mal gesehen hatte und Papa gefragt hatte: »Na? Was sagst du?«, hatte sie »wuchtig« gemurmelt.

Nachdem Victor sie auf ihr Zimmer gebracht hatte und sie das erste Mal die Aussicht über das Wollmoor erblickte, hatte sie »wuchtig« gesagt. Und ebenso, als sie den alten Kleiderschrank entdeckte.

Eine Minute vor halb neun schlenderte Trudy Taff über den Kiesweg zum Schultrakt. Vor der Eingangstür stand eine ungeduldig von einem Bein aufs andere hüpfende Marlene. »Und?«, rief sie Trudy zu und wedelte mit ihrer Chipkarte.

»Was und?«, fragte Trudy ahnungslos.

»Nun erzähl schon.« Marlene zog die Karte durch den Schlitz und öffnete die Tür.

»Später, Marlene, später. Zuerst haben wir jetzt Spürsinnschulung bei Herrn, äh, wie hieß er noch gleich?« Trudy kramte nach ihrem Stundenplan.

»Herr Nolte«, sagte Marlene und klang ein wenig eingeschnappt.

Herr Nolte war schon da. Er schrieb gerade seinen Namen an die Tafel, als wäre das nötig. Dann drehte er sich lächelnd herum und begrüßte Marlene und Trudy mit einem freundlichen Lächeln. »So, wo jetzt auch die Nachzügler wohlbehalten den Klassenraum gefunden haben, kann ich ja mit dem Unterricht beginnen.«

Trudy nickte und flüsterte hinter vorgehaltener Hand

zu Marlene hinüber: »Hat mit dem Ablenken alles geklappt?«

»Wie schön, dass es dich interessiert«, gab Marlene zurück.

»Äh, die Damen. Jetzt ist Spürsinnschulung. Und ich denke, davon kann eine junge Detektivin gar nicht genug bekommen«, sagte Herr Nolte und lächelte immer noch freundlich.

Trudy und Marlene nickten eifrig und setzten eine sehr interessierte Miene auf. Herr Nolte erzählte davon, dass es so etwas wie einen angeborenen Spürsinn gebe. Selten, sehr, sehr selten zwar, aber es komme gelegentlich vor. Er selber sei freilich damit gesegnet, andernfalls dürfe er die Spürsinnschulung gar nicht durchführen. Ansonsten sei er im richtigen Leben pensionierter Kriminalhauptkommissar und werde nach wie vor bei besonders kniffligen Fällen von der Kripo um Rat gebeten.

»Nun sag schon, Marlene«, raunte Trudy.

»Wenn du es genau wissen willst: Ich habe Isolde Korn eine ganze Kanne Milch vor die Füße gekippt, den Feueralarm ausgelöst und am Ende noch eine alte Karte in unserem Geheimversteck gefunden«, flüsterte Marlene und verzog keine Miene.

»Du hast was?«, rief Trudy erstaunt und leider viel, viel zu laut.

»Äh, Mädchen. Wie ist dein Name?«, fragte Herr Nolte, und da er auch jetzt immer noch lächelte, vermutete Trudy, dass ihm das Lächeln wohl genauso wie der Spürsinn angeboren sein musste.

»Trudy. Trudy Taff.«

»Trudy Taff. Aha«, sagte er nachdenklich. »Mir scheint, du weißt schon alles. Wie sonst könnte dich mein Unterricht nicht brennend interessieren?«

»Entschuldigen Sie, Herr Nolte«, sagte Trudy zerknirscht.

»Ach nein, warum? Ich freue mich ja, eine Gleichgesinnte zu treffen«, erwiderte er und es klang tatsächlich erfreut. »Komm doch einmal zu mir, meine Freundin.«

Zögernd stand Trudy auf und warf Marlene einen Hilfe suchenden Blick zu. Aber diese zuckte nur mit den Schultern. Klar. Was sollte sie auch machen? Trudy beobachtete, wie Violetta und Evie mit einem schadenfrohen Grinsen ihre Köpfe zusammensteckten. Na prima, dachte sie. Auf so was hatten die beiden natürlich nur gewartet.

»So, liebe Trudy, beobachte deine Mitschüler jetzt ganz genau. Ich habe vor dem Unterricht unter einem eurer Pulte eine Banknote versteckt«, sagte Herr Nolte. »Ich bitte euch nun gleich, ein einziges Mal – und ich betone: *ein* Mal – unter euer Pult zu fassen und festzustellen, ob ihr die- oder derjenige mit dem Geldschein seid. Aber was immer ihr dort findet oder auch nicht: Lasst es euch auf keinen Fall anmerken. Wenn ihr es schafft, diese Entdeckung vor unserer Freundin Trudy zu verbergen, dann darf derjenige die Banknote behalten. Also: bitte!«

Trudy beobachtete ihre Mitschüler ganz genau, wie sie unter ihr Pult fassten und Sekunden später ihre Hände wieder auf den Tisch legten.

»Danke sehr. Das war gut. So, Trudy. Wer hat den Geldschein?«, fragte Herr Nolte.

»Violetta«, antwortete Trudy wie aus der Pistole geschossen.

»Äh, wer ist Violetta?« Herr Nolte sah sich suchend um.

»Ich bin Violetta«, flüsterte die Elfe zerknirscht.

»Violetta, zeige deinen Mitschülern, was du unter deinem Pult gefunden hast!«, forderte Herr Nolte sie auf.

Violetta griff unter den Tisch und hielt dann eine Banknote hoch in die Luft.

»Hervorragend, Trudy.« Herr Nolte klatschte Beifall. »Willst du deinen Mitschülern nun verraten, woran du erkannt hast, dass Violetta die Banknote gefunden hat?«

»Och, das war ganz einfach«, gab Trudy ehrlich zu. »Ich musste mir nur vorstellen, wie ein oberflächlicher

Mensch sich über so etwas Banales wie einen Geldschein freuen würde. Violetta hat zwar nicht gelächelt, aber das Glänzen in ihren Augen, als sie unter den Tisch griff, hat sie verraten.«

Violetta schnappte nach Luft, Evie schob ihre Unterlippe vor und einige Mitschüler kicherten zaghaft. Marlene reckte beide Daumen in die Luft. Eins zu eins sollte das wohl heißen.

»Und? Was hast du nun entdeckt bei den dreizehn Birken?«, fragte Marlene, als sie in der nächsten Pause das Schulgebäude verlassen hatten.

»Ein sehr interessantes Zeichen in einer Baumrinde. Aber wie kommst du auf dreizehn Birken? Es sind elf«, antwortete Trudy und fischte in der Schultasche nach ihrem Apfel.

»Es sind dreizehn Birken, das weiß ich genau, denn so steht es auf der Karte«, entgegnete Marlene.

»Die Karte, richtig. Zeig mal her.«

»Oh, wer sagt denn immer: Vorsicht ist die Mutter der Porzellankiste und die Großmutter aller Spione? Hä?«, fragte Marlene und zupfte an einer Haarsträhne, die Trudy ins Gesicht hing. »Sie liegt natürlich noch in unserem Geheimgang.« Das Wort »Geheimgang« sprach sie nicht laut aus. Musste sie auch nicht. Trudy verstand es auch so. Und sie bedauerte zutiefst, dass sie nun noch drei weitere Stunden Unterricht haben würde, bevor sie nach der Karte sehen konnte.

»Ach«, fiel Marlene etwas ein. »Diese Eule, von der du sprachst, die ist übrigens auch auf der Karte eingezeichnet.«

Trudy schob ihre Haarsträhne hinter das Ohr und blickte Marlene verheißungsvoll an. »Siehste? Ich habe es gewusst. Irgendetwas Merkwürdiges geht hier vor sich.«

Das Moosbeerhaus

Die Tage in der Sherlock-Holmes-Academy verflogen und Trudy wünschte sich viel mehr Freizeit, um alles gründlich erforschen zu können. Beim Unterricht liebte sie zum Beispiel die Fächer Beschatten und Selbstverteidigung. Und ganz besonders das Hundetraining am Mittwochnachmittag bei Frau Leander. Es gab insgesamt fünf Hunde, die der Academy gehörten und die für das Training der Spurensuche eingesetzt wurden. Einige Schüler hatten sogar schon ihren eigenen Spürhund mitgebracht und Trudy nahm sich vor, beim nächsten Telefonat mit ihren Eltern darüber zu verhandeln. Sie liebte Hunde und fand, ein Spürhund würde ausgezeichnet zu ihr passen. Violetta besaß natürlich einen eigenen Hund. Einen Airedale Terrier. Evie sogar einen fast weißen Labrador. Die Schüler ohne eigenen Hund wurden für das Hundetraining in kleine Gruppen eingeteilt und bekamen jeweils einen Internatshund zugewiesen. Frau Leander hatte zuvor einen Köder ausgelegt und Trudy, Marlene, Clara und Fiona machten sich mit *Miss Maple* auf die Suche.

Es war nicht leicht, dem Hund zu folgen, ohne selber die Richtung anzugeben. Besonders, weil Miss Maple den direkten Weg durch das Moor vorzog. Und doch war Trudy froh, dass nicht Violetta und Evie zu ihrer Gruppe gehörten. Gut, Clara sagte nicht viel und Fiona kicherte eigentlich immerzu, aber was sollte es, dachte Trudy. Marlene war bei ihr. Und ansonsten war alles besser, als jeden Mittwochnachmittag mit den beiden Zicken Violetta und Evie auf Spurensuche ins Wollmoor gehen zu müssen.

Trudys zweite Lieblingsbeschäftigung waren ihre regelmäßigen Besuche in der Küche der Academy.

Sie lag im Kellergewölbe unter dem großen Eingangsportal im Quertrakt des Landschlosses. Dorthin verschlug es Trudy sehr häufig, nicht, weil sie immerzu hungrig war, sondern weil sie die alte Frau Harper besuchte, die sie aber bei ihrem Vornamen Holly nennen durfte. Holly konnte himmlisch backen. Sie hatte in der heißen Küche immer gerötete Wangen und ihr weißes Haar trug die alte Dame unter einem Kopftuch versteckt. Aus dunklen, gutmütigen Augen sah sie Trudy liebevoll an, wenn diese mal wieder bei ihr saß. »Wie sehr du mich an meine kleine Anne erinnerst«, sagte Holly oft und schwelgte in Erinnerung an ihre eigene Tochter, die längst aus dem Haus war und weit, weit entfernt lebte.

Natürlich war es auch praktisch, dass Holly Trudy immerzu leckere Dinge in die Taschen stopfte, denn so war Trudy nicht darauf angewiesen, pünktlich zu den Mahlzeiten zu erscheinen, wenn sie mal zu beschäftigt war.

Am Freitagmittag herrschte große Aufbruchstimmung in der Sherlock-Holmes-Academy. Einige Schüler fuhren für die Wochenenden nach Hause. Die meisten würden jedoch dableiben und schmiedeten eifrig Pläne, wie sie am Wochenende möglichst viel der Umgebung erkunden konnten. Violetta und Evie gaben damit an, dass sie sich heimlich zur I.O.S. durchpirschen wollten, um die süßen Jungs dort unter die Lupe zu nehmen.

Das wäre auch Trudys Plan fürs Wochenende gewesen. Nur ihr ging es selbstverständlich nicht um die süßen Jungs.

Marlene würde nach Hause fahren. Kein Wunder, brauchte sie dazu doch nicht einmal eine halbe Stunde mit dem Fahrrad.

Doch zuvor lag Marlene erst einmal mitleidig auf Trudys Bett und sah dieser dabei zu, wie sie nach dem Mittagessen eine Tasche für das Wochenende bei Tante Rita packte.

»Ehrlich«, schimpfte Trudy. »Wieso fragt mich eigentlich keiner, ob ich überhaupt zu dieser Tante möchte?« Sie spuckte das Wort Tante aus, als wäre es giftig, und warf aufgebracht alles kreuz und quer in die Tasche.

»Die Karte!«, rief Marlene plötzlich, sprang vom Bett auf und kroch in den Kleiderschrank. Sekunden später kam sie mit einem ältlichen Stück Papier wieder zurück. Wie so oft in den letzten Tagen legten sie die Karte auf den Schreibtisch und beugten sich fasziniert darüber. Es waren viele Dinge eingezeichnet, die Trudy und Marlene schon kannten. Die Sherlock-Holmes-Academy natürlich, alle Schulgebäude samt Bibliothekstrakt und den beiden Türmen mit der Turmuhr. Die dreizehn Birken waren eingezeichnet, und Trudy und Marlene hatten sich bei einem zweiten Spaziergang an diesen Ort vergewissert, dass es tatsächlich einmal dreizehn Birken gewesen waren. Von zwei Birken war allerdings heute nur noch ein kläglicher Rest in Form eines Baumstumpfes übrig. Aber es gab auch Dinge auf der Karte, die sie nicht zuordnen konnten. An einem kleinen Haus ziemlich weit draußen im Moor stand zum Beispiel MBH. Sie hatten jeden Abend gegrübelt, was diese Abkürzung wohl bedeuten sollte. Marlene meinte, es heiße *Moor-Bade-Halle,* aber Trudy war sich sicher, dass es *Miss-Bonds-Haus* bedeuten musste. Interessant war auch die kleine schwarze Eule, die tatsächlich auf dieser Karte eingezeichnet war.

»Ich frag mich ja immer noch …« Was Marlene sich fragte, blieb allerdings vorerst ihr Geheimnis, denn die Turmuhr über ihnen schlug drei und im selben Moment ertönte auch schon unten vor dem Portal eine Autohupe. Trudy musste gar nicht zum Fenster hinaussehen, um zu wissen, dass dieses Hupen zu Tante Ritas Mini gehörte. Sie faltete die Karte zusammen und stopfte sie in ihre Tasche. »Es ist wohl besser, wenn wir die nicht zurücklassen«, erklärte sie. »Ich meine, wo wir beide zwei Tage nicht hier in der Academy sein werden.« Sie sah Marlene dabei zu, wie sie in den Kleiderschrank kroch und sich die Leiter hinab hangelte, dann rief sie ihr nach: »Bis Sonntagabend, Marlene, und wünsche mir Glück!«, und schloss hinter ihrer Freundin die Schranktür zu.

Tante Rita wanderte im Stechschritt vor dem Mini auf und ab. Nach ungefähr fünf Schritten drehte sie jedes Mal mit einer zackigen Bewegung um. Die Arme hielt sie auf dem Rücken verschränkt und sie lief seltsam vornübergebeugt, so als habe sie im Kiesbett zu ihren Füßen irgendetwas verloren.

Trudy stürmte die große Treppe hinab und rief: »Tante Rita?«

»In der Tat, die bin ich.« Tante Rita war stehen geblieben und betrachtete Trudy von oben bis unten. »Ja, ist es denn zu fassen?«, rief sie plötzlich erstaunt. Trudy sah erschrocken an sich hinab, als Tante Rita auch schon erklärte: »Du siehst ja aus wie ich.«

Diese Feststellung hätte Trudy wohl lustig gefunden, wenn nicht ausgerechnet Violetta und Evie im selben Augenblick mit ihren Hunden um die Ecke gebogen wären und bei Tante Ritas Freudenausbruch laut losbrüllten.

Trudy sah Violetta und Evie mit zusammengekniffenen Augen grimmig an. Tante Rita schob ihren Hut etwas zurück, der dieses Mal die bauchige Form einer Tulpe hatte.

»Albernes Volk«, meinte sie kopfschüttelnd.

Auch Tante Rita hatte einen Hund. Einen Jack Russell Terrier, und dieser saß auf dem Rücksitz im Mini und bellte nun mutig die beiden deutlich größeren Hunde der Zicken an. Trudy konnte sich ein Grinsen nicht verkneifen, als Violetta und Evie alle Mühe hatten, ihre Hunde zu bändigen, und an ihnen ziehen und zerren mussten, um weitergehen zu können.

»Gut so, Bosco, zeig's ihnen! Wir lassen uns nichts gefallen!«, rief Tante Rita stolz nach hinten, während sie in den Wagen einstieg.

Trudy setzte sich neben sie und legte ihre Tasche auf den Schoß. Fasziniert betrachtete sie ihre Tante, von der sie zwar schon so viel gehört hatte, ihr aber noch nie begegnet war. Während diese nun den Motor startete, musste Trudy lächeln, denn Tante Rita passte eigentlich gar nicht in dieses winzige Auto hinein. Oh, sie war nicht dick, aber recht groß und mit dem Hut auf dem Kopf noch ein Stückchen größer. Sie saß eng hinter das Lenkrad geklemmt und die Hutspitze drückte an die Wagendecke.

Tante Rita hatte so wie Trudy feines schwarzes Haar. Nur war ihres mit silbernen Fäden durchzogen und im Nacken zu einem Knoten geschlungen, der den Hut nach vorne und tief ins Gesicht drückte. Sie hatte eine zierliche, gerade Nase und große dunkle Augen. Aber ganz erstaunlich war, dass sie genauso wie Trudy diesen riesigen Mund hatte. Jedenfalls fand Trudy das.

»So, du bist also Trudy!«, stellte Rita mit einem freundlichen Seitenblick fest. Überflüssigerweise, wie Trudy fand. »Ich bin Rita und das ist Bosco von der Bogenhütte, auch Boss genannt«, stellte sie ihren Hund vor, der aufmerksam aus dem Seitenfenster sah. »Ich vermute mal, du bist nicht sonderlich glücklich, dass ich dich heute abhole. Sicher wärst du viel lieber im Internat geblieben.«

Trudy verschlug es die Sprache. »Woher? Ich meine, nein, ich ...«

»Meine liebe Trudy. Glaubst du, ich war niemals jung? Ich war selber Schülerin der Sherlock-Holmes-Academy und das Schönste daran waren immer die Wochenenden mit meinen Freunden dort. Leider kam das viel zu selten vor.«

»Hmhmm«, machte Trudy nur. Sie konnte Tante Rita ja schlecht die Wahrheit sagen.

»Aber du wirst sehen, es wird dir bei mir gefallen. Und auf die Gesellschaft dieser aufgeblasenen, närrischen, aufgekratzten, lachhaften …« Sie fand viele Worte, die Violetta und Evie bestens umschrieben. Schon allein deshalb begann Trudy, Tante Rita zu mögen. Sie zog lächelnd ihren Notizblock aus der Tasche und schrieb mit. Für alle Fälle.

Sie fuhren die Landstraße entlang und Trudy beobachtete Tante Rita genau, als sie an der Birkengruppe vorbeikamen. Tatsächlich, sie verlangsamte den Wagen ein wenig, spähte zwischen den Bäumen hindurch und Trudy machte es ihr nach. Was war es bloß, das Rita hier suchte? Hinter ihnen hupte ein Auto und Tante Rita gab Vollgas, sodass der Mini vorne etwas hochhüpfte. »Ja doch«, schimpfte sie mit ärgerlichem Blick in den Rückspiegel. »Alte Tanten und kleine Minis stehen unter besonderem Artenschutz!«

Trudy lehnte sich zufrieden zurück. Ja, diese Tante war ganz nach ihrem Geschmack, das spürte sie sofort.

Die Fahrt dauerte vielleicht zehn Minuten. Sie ließen auf der linken Seite der Landstraße das Wollmoor und die Sherlock-Holmes-Academy hinter sich und auf der rechten Seite die letzten Häuser von Cranesbill. Kurz darauf bog Tante Rita auch schon nach links ab und lenkte den Wagen über einen sandigen Feldweg, sodass sie eine gelbliche Staubwolke hinter sich herzogen.

»Sieht das nicht einfach herrlich aus?«, fragte Tante Rita und deutete nach vorne. Der Weg war eingesäumt mit etwa kniehohen Sträuchern, an denen rote Beeren in der Nachmittagssonne funkelten. »Moosbeeren, so weit das Auge reicht!«, rief sie erfreut, als entdeckte sie die Früchte gerade zum ersten Mal. Und Tante Rita hatte vollkommen recht, es sah wunderschön aus. Und lecker, wie Trudy fand.

»Kann man die essen?«, fragte sie deshalb.

»Aber ja doch, Kind. Aber ja. Warte nur noch zwei, drei Wochen, dann pflücken wir sie. Hach, am liebsten mache ich Marmelade daraus und Sirup. Ich backe was Schönes für uns, und erst mein Moosbeerlikör, der ist ein Gedicht ...«, schwärmte sie. Im nächsten Moment sah sie Trudy erschrocken an. »Der Likör ist natürlich nicht für dich«, erklärte sie schnell.

Trudy grinste und nahm sich vor, ihren Vater zu fragen, warum sie Tante Rita nicht schon viel eher besucht hatten.

»Kannst du das Haus dort drüben sehen?« Tante Ritas rechter Zeigefinger deutete auf ein flaches, einstöckiges Haus.

»Hmmhmm«, machte Trudy und reckte den Hals.

»Das ist das Moosbeerhaus«, erklärte Tante Rita und

steuerte den Wagen über den holprigen Sandweg bis vor das Haus. »Mein Moosbeerhaus«, fügte sie stolz hinzu.

»Hier wohnst du also?« Es war eigentlich keine ernst gemeinte Frage und Trudy stieg neugierig aus.

Das Moosbeerhaus sah sehr gemütlich aus. Gut, es war nicht groß, aber vielleicht wirkte es gerade deshalb so heimelig, ein wenig verwunschen. Es war weiß gestrichen zwischen den alten Eichenbalken des Fachwerks, und überall kletterten wilde Rosen an den Mauern empor. Rings um das Haus wuchsen büschelweise Moosbeeren. Es roch hier ganz anders als nur wenige Autominuten entfernt an der Sherlock-Holmes-Academy. Kein bisschen von dem leicht modrigen Moor konnte Trudy mehr erschnuppern, nur den Duft der wilden Rosen und der unendlich vielen Moos- und Brombeeren. Sofort verliebte sie sich in diesen Geruch.

»Hereinspaziert«, sagte Tante Rita feierlich und öffnete die feuerrot gestrichene Haustür. Bosco ließ sich das nicht zweimal sagen und auch Trudy wollte schon hineingehen, als ihr Blick auf das große Türschild fiel.

Rita Taff
Detektivin

»Du bist eine Detektivin?«, fragte Trudy verblüfft. Irgendwie konnte sie sich gar nicht vorstellen, dass diese Tante überhaupt etwas arbeitete. Dass sie gar als Detektivin auf der Lauer lag, schon mal gar nicht.

»Selbstverständlich. Ich dachte, ich hätte dir vorhin erzählt, dass auch ich Schülerin der Sherlock-Holmes-Academy war«, rief sie über die Schulter nach draußen, während sie ihren Hut absetzte und den Mantel aufhing. »Und das ist auch schon das Problem, liebe Trudy. Es hat sich Anfang der Woche ein neuer Fall für mich aufgetan, den ich unter keinen Umständen bis Montag warten lassen kann.«

»Ein Fall?«, fragte Trudy interessiert, strich die Haare hinter die Ohren und betrat das Haus.

Welch ein Chaos! Das fiel Trudy als Erstes ein, als sie in das Moosbeerhaus hereinkam. Überall stapelten sich Bücher und Aktenordner. Der Schreibtisch, der mitten im Raum stand, verbarg sich unter Zeitungen, Fotos und jeder Menge Notizzetteln.

»Entschuldige die Unordnung, meine Liebe, aber wie gesagt, es hat sich ein neuer Fall aufgetan und ich habe umgehend meine Recherche gestartet.« Tante Rita ging durch eine weitere Tür und die leisen Geräusche des Wasserkochers verrieten Trudy, dass sie sich nun in der Küche befinden musste.

Wenn eine Recherche schon zu Beginn so aufwendig ist, dachte Trudy, dann muss ich wahrhaft noch viel lernen. Aber darüber wollte sie jetzt lieber nicht nachdenken.

»Was für ein Fall?«, rief sie stattdessen in die Küche hinüber.

»Och, nichts Besonderes. Nur eine Einbruchsserie«, antwortete Tante Rita.

»Eine Einbruchsserie?«, wollte Trudy wissen und es kitzelte gleich wieder in ihrer Nasenspitze. Das hörte sich wie Musik in ihren Ohren an. »Was wurde denn geklaut?«

»Nichts«, sagte Tante Rita und spazierte mit einem Tablett zum Esstisch rüber, der unter einem kleinen Sprossenfenster in der Nähe von Trudy stand. »Das ist ja das Problem.«

»Du meinst, es wird eingebrochen und nichts mitgenommen?«, vergewisserte Trudy sich und setzte sich zu Rita.

»Ja, leider«, stöhnte Rita, während sie Trudy eine Tasse Tee hinstellte. »Man hat keinerlei Anhaltspunkte für seine Ermittlung.«

»Seltsam«, sagte Trudy und pustete über den dampfenden Tee. »Bei wem ist denn eingebrochen worden?«

»Bei einem Buchhändler.« Rita sah nachdenklich zum Fenster hinaus. »Und bei einem Antiquitätenhändler.«

Trudy wartete darauf, dass Tante Rita ihre Aufzählung fortsetzte, was sie aber nicht tat.

»Es wurde nur zweimal eingebrochen? Und da sprichst du schon von einer Serie?«, fragte Trudy erstaunt.

»Oh, aber ja.« Rita nickte eifrig. »Schließlich hat man beide Türen mit dem gleichen Werkzeug aufgebrochen und man hat zweimal nichts mitgehen lassen. Wie nennst du so etwas sonst?«

»Hmm, kann schon was dran sein«, meinte Trudy und verschwieg lieber, dass ihr Vater über eine solche Einbruchsserie nur geschmunzelt hätte.

Sie schlürften einige Minuten ihren Tee, jede in ihre Gedanken versunken.

»Ich lass dich ja wirklich ganz ungern gleich beim ersten Besuch alleine im MBH, aber ich muss noch einmal zum Tatort«, sagte Tante Rita schließlich, nachdem sie schon mehrmals ungeduldig auf die Uhr geschaut hatte. »Fühl dich wie zu Hause. Ach, was sag ich? Du bist hier zu Hause und herzlich willkommen, Trudy Taff.« Tante Rita umarmte sie kurz, und bevor Trudy sich sicher war, dass sie dezent nach Lavendel roch, schnappte Tante Rita schon Mantel, Hut und Bosco und knallte die Haustür hinter sich zu.

Während Trudy dem Mini hinterhersah, wie er in einer Staubwolke den Feldweg hinabsauste, wählte sie auf ihrem Handy Marlenes Nummer.

»Trudy, was gibt's?«, meldete diese sich sogleich. »Sag nicht, dass ich dich schon in der ersten Stunde aus Tante Ritas Fängen retten muss.«

»Marlene?«, rief Trudy aufgeregt ins Telefon. »Marlene! Stell dir vor: Das MBH ist keine Moor-Bade-Halle und auch nicht Miss-Bonds-Haus.«

»Um mir das zu sagen, rufst du mich an?«, fragte Marlene kichernd.

»Nein, deshalb doch nicht.« Trudy machte eine abwehrende Handbewegung, die Marlene natürlich nicht sehen konnte. »Ich weiß jetzt, was das MBH ist. Es ist Tante Ritas Moosbeerhaus. Marlene? Bist du noch da?«

»Ja«, wisperte Marlene nach einer gefühlten Ewigkeit in den Hörer. »Das bedeutet, dass deine Tante irgendwie in das Geheimnis um die Karte verstrickt sein muss. Ist dir das klar, Trudy?«

»Marlene!«, protestierte Trudy aufs Schärfste dagegen, dass Marlene sie für so begriffsstutzig hielt. »Um dir genau das zu sagen, rufe ich dich schließlich an. Tante Rita ist in irgendetwas verwickelt, Marlene, und ich bin mir nicht so sicher, ob es gut für mich ist oder was sich am Wochenende noch so ergibt. Falls ich am Sonntagabend nicht pünktlich um achtzehn Uhr zurück in der Academy bin, solltest du jedenfalls zur Sicherheit deine Eltern informieren.«

Tante Ritas Fall

Eine Stunde später kehrte Tante Rita zurück. Sie bremste mit quietschenden Reifen vor der Haustür und kam hereingestürmt, nur um die verdatterte Trudy an der Hand hinter sich herzuziehen und ins Auto zu schubsen. Trudy überlegte gerade, ob das nun eine echte Entführungsszene war, als Tante Rita schimpfte: »Das hättest du mir auch wirklich vorher sagen können.«

»Was?«, fragte Trudy zaghaft.

»Tu nicht so, Herr Nolte hat mir alles erzählt«, blaffte Tante Rita zur Seite.

»Herr Nolte?« Trudy war erstaunt. Woher kannte Tante Rita ihren Lehrer in Spürsinnschulung?

»Willst du behaupten, du hast noch keinen Unterricht bei Herrn Nolte gehabt?« So langsam wurde Tante Ritas Zorn gefährlich, denn wieder drehte sie sich so weit zu Trudy herum, dass sie das Lenkrad mit zur Seite riss und sie beinahe im Graben gelandet wären. Beinahe, denn Trudy griff im letzten Augenblick beherzt ein.

Völlig aufgelöst stoppte Tante Rita den Wagen. Sie sprang mit einem Satz hinaus und lief vor dem Wagen hin und her. Her und hin. Und dieses Mal flüsterte sie leise etwas vor sich hin.

Trudys Gedanken fuhren Achterbahn. Was war nur in Tante Rita gefahren? Und was hatte Herr Nolte damit zu tun? Verflixt. Hätte sie ihm doch besser zugehört.

Trudy stieg aus und lief neben Rita her. Vielleicht zwanzig Schritte hin und ebenso viele zurück.

»Natürlich, wie hätte ich nicht draufkommen können … ganz der Papa … Oh ja, wir sind ja so stolz auf unsere kleine Trudy …« Tante Rita nuschelte die ganze Zeit irgendwelche unverständlichen Dinge. Das alles machte für Trudy überhaupt keinen Sinn.

»Äh, Tante Rita? Was hätte ich dir sagen müssen? Bitte, ich weiß es wirklich nicht.« Trudy war von dem vielen Hin-und-her-Hasten schon völlig außer Atem.

Rita stoppte so plötzlich, dass Trudy in sie hineinlief. Doch das schien ihre Tante gar nicht zu bemerken. Sie legte ihren Zeigefinger an Trudys Nasenspitze. »Dass du eine verdammte Spürnase bist.«

»Hä?«, machte Trudy verblüfft. »Ja und?«

»Sei nicht so hochnäsig«, schimpfte Rita. Sekunden später legte sie den Kopf in den Nacken und lachte und lachte. Gerade als Trudy überlegte, ob die Tante nun hysterisch geworden war, beruhigte diese sich ein wenig. »Huhu, eine hochnäsige Spürnase, verstehst du? Hochnäsig, Nase, Spürnase.«

»Ja, witzig«, sagte Trudy, aber sie musste überhaupt nicht lachen. Tante Rita hatte ihr ganz schön Angst gemacht. »Warum ist das so ein großes Ding für dich? Ich meine, eine gute Spürnase zu haben?«

»Das fragst du noch?« Tante Rita hörte genauso schnell auf zu lachen, wie sie begonnen hatte. Ihre Augen zogen sich zu schmalen Schlitzen zusammen, als sie erklärte: »Oh, hab ich gelitten. All die Jahre in der Sherlock-Holmes-Academy. Meine beste Freundin war eine Spürnase. Hochbegabt. Irgendwann steigt das den Leuten zu Kopf …« Sie tippte kurz an Trudys Stirn. »Eines Tages hatte meine beste Freundin es sich anders überlegt und sich ihresgleichen gesucht. Zukünftige Meisterermittler eben. Warum sollte sie sich noch länger mit der dummen Rita abgeben? Und dann, später, als ich mich in einen Jungen von der I.O.S. verliebt hatte, hat sie ihn mir vor der Nase weggeschnappt.« Tante Ritas Hand sauste vor Trudys Nasenspitze entlang, als wollte sie eine Fliege fangen. »Damit nicht genug, kam in meinem letzten Jahr an der Academy dein Vater in die erste Klasse. Und? Was soll ich sagen? Selbst dieser Knirps war begabter als ich.«

»Wie kommst du darauf?«, fragte Trudy.

»Das haben alle gesagt, ganz einfach.« Tante Rita ging zurück zum Wagen. »Und jetzt schickt er mir seine Tochter und ich fühle mich ein weiteres Mal wie eine Niete.«

Trudy wusste nicht, was sie sagen sollte. Sie ahnte,

dass dieser alte Konflikt der Grund dafür war, dass sie Tante Rita noch nie zuvor gesehen hatte. Sie tat ihr wirklich sehr, sehr leid, wie sie so traurig dasaß, den Kopf fast bis aufs Lenkrad gesenkt.

»Also ich kann Menschen nicht verstehen, die ihre Freunde danach auswählen, ob ihnen deren Nase passt. Und, Rita, ich wäre schrecklich gerne deine Freundin gewesen. Damals, aber auch heute.« Trudy blickte traurig auf ihre Hände. Sie blinzelte eine Träne weg, die sich dummerweise gerade einen Weg nach draußen suchte.

»Gut«, sagte Rita nach einer Weile und startete den Wagen. Sie versuchte ein Lächeln in Trudys Richtung. »Versuchen wir zwei es miteinander.«

Sie fuhren den gleichen Weg zurück. Den Feldweg entlang zur Landstraße und dann an den dreizehn Birken vorbei, die ja inzwischen nur noch elf Birken waren. Dieses Mal aber bretterte Tante Rita in einem Affenzahn an der geheimnisvollen Stelle vorbei.

Trudy klammerte sich an ihrem Sitz fest, als Rita kurz vor der Zufahrt zur Sherlock-Holmes-Academy links nach Cranesbill abbog und dabei einem Lieferwagen die Vorfahrt nahm.

»Wo fahren wir eigentlich hin?«, fragte Trudy.

»Sagte ich das nicht?« Tante Rita guckte verblüfft. »Mein neuer Fall, du weißt schon, die Einbruchsserie.«

»Du meinst, wir fahren an einen Tatort?« Trudy spürte ein nervöses Kribbeln in der Magengrube, als Tante Rita nickte.

»Exakt. Schließlich habe ich dich extra wegen der guten Spürnase dazugeholt.«

»Buch oder Antiquitäten?«, fragte Trudy.

»Antiquitäten. Bücher waren schon am Montag«, erklärte Rita und raste durch die schmalen Gassen des Ortes, dass Trudy am liebsten die Augen geschlossen hätte. Aber das ging natürlich nicht. Dafür war sie viel zu neugierig.

»Cranesbill heißt auch Storchen- oder Kranichschnabel und es hat seinen Namen nicht nur wegen der vielen Moosbeeren oder auch Cranberrys. Cranesbill sieht von oben tatsächlich wie ein Kranichschnabel aus, musst du wissen.« Rita deutete mal hierhin, mal dorthin, sagte: »Das ist die Bäckerei, bei der man die besten Rosinenbrötchen kaufen kann«, oder: »Dort ist die Praxis von unserem freundlichen Tierarzt, nicht wahr, Bosco?«, mit einem stolzen Blick in den Rückspiegel.

Bei dieser Häuseransammlung von einem Dorf zu sprechen, war in Trudys Augen schon fast übertrieben. Der weiche Moorboden machte es wohl unmöglich, überall zu bauen, sodass die einzelnen Häuser wie wahllos hingestreut aussahen. Hier ein Haus, dort mal zwei, und überall dazwischen Bäume, sumpfige, gewellte Rasenflächen und schmale, tiefschwarz schimmernde Wassergräben.

Vor einem ziemlich zerfallenen, älteren Haus fuhr Tante Rita schließlich langsamer. »Das ist der Buchshop von Herrn Caroll«, erklärte sie. »Hier wurde am Montag eingebrochen.«

Schwer vorstellbar, dass jemand freiwillig dort hineinwollte, dachte Trudy, und ihr gruselte bei dem Anblick des düsteren Hauses, dessen graue, rissige Fassade dringend einen fröhlichen Anstrich gebrauchen konnte. Trudy war froh, dass Tante Rita stattdessen auf eine alte Scheune auf der anderen Straßenseite zusteuerte.

Vor der alten Fachwerkscheune schien sich das ganze Dorf versammelt zu haben. Trudy sah einen Polizisten, der sich mit zwei älteren Frauen unterhielt und eifrig etwas notierte. Sie entdeckte Herrn Nolte in der Menschenmenge, und dann traute sie ihren Augen kaum …

»Da ist ja Marlene!«, rief sie erfreut.

»Marlene?«, fragte Tante Rita abwesend, denn sie suchte nach einem Parkplatz.

»Marlene Lund. Sie geht in meine Klasse und ist meine Freundin in der Academy«, erklärte Trudy und grinste, weil Tante Rita ihren Mini kurzerhand hinter dem Polizeiwagen abstellte.

»Lund sagst du? Dann ist sie vermutlich die Tochter

von Sophie und Daniel Lund«, meinte Tante Rita erfreut.

»Du kennst sie?« Trudy war verblüfft. »Aber Marlene kennt dich nicht. Glaub ich jedenfalls.«

»Oh, das verwundert mich nicht. Ich bin keine Person, die rege am öffentlichen Leben teilnimmt.« Rita klappte den Fahrersitz nach vorne, um Bosco an die Leine zu nehmen, bevor sie ihn aussteigen ließ. »Zu viele Menschen machen ihn nervös«, erklärte sie, und Trudy vermutete, dass es nicht nur dem Hund, sondern auch Tante Rita so ging.

»Trudy? Was machst du hier?«, rief Marlene erstaunt, als sie Trudy entdeckte. Der prüfende Blick, mit dem sie dann allerdings Tante Rita musterte, war Trudy ein wenig peinlich. Doch Rita war mit ihrer Aufmerksamkeit zum Glück schon meilenweit entfernt. Sie lief geradewegs in Richtung Scheune, über der ein großes Schild verriet, dass es sich um das Ladenlokal des Antiquitätenhändlers Alexander Martins handelte.

»Das Gleiche könnte ich wohl dich fragen«, raunte Trudy leise zurück.

Marlene deutete zu einer zierlichen Frau hinüber, die ihr blondes Haar zu einem kurzen Pagenkopf geschnitten trug. »Das ist meine Mutter und sie ermittelt hier.« Es war, als hätte Frau Lund gespürt, dass Marlene über sie sprach, denn sie winkte in genau diesem Augenblick zu ihnen herüber. Dann vertiefte sie sich wieder in das Gespräch mit einem ziemlich aufgebrachten Herrn.

»Das ist Herr Martins, ihm gehört der Laden hier«, erzählte Marlene und zog Trudy mit sich. »Ich muss dir was zeigen.«

»Oh weh«, stöhnte Trudy und sah bestürzt an sich hinab. »Ich betrete einen Tatort und was habe ich nicht dabei?«

»Ich habe meine Tasche auch nicht mit.« Marlene winkte ab. »Hier gibt es sowieso kein Fleckchen mehr, das noch nicht von der Spurensicherung unter die Lupe genommen wurde. Weißt du, Trudy …«, Marlene kicherte, »die haben hier in Cranesbill nicht oft eine Tatortbegehung. Da machen sie ihre Arbeit natürlich sehr gründlich.«

Trudy sah grinsend zu den beiden Männern in den weißen Plastikanzügen hinüber, die sich ausführlich mit der großen Eingangstür beschäftigten.

Marlene zog Trudy weiter, um die Scheune herum zur Rückseite, und duckte sich unter ein Fenster. »Siehst du die beiden?«, flüsterte sie.

Trudy hob vorsichtig den Kopf und spähte zum Fenster hinein. Es waren eine Menge Leute zwischen all den Antiquitäten unterwegs. Jemand machte Fotos der Ausstellungsstücke, ein anderer ging mit einem Klemmbrett durch die Reihen und notierte etwas. Eine weitere

Person in einem weißen Plastikanzug untersuchte den Verkaufstisch, aber Trudy wusste sofort, wen Marlene meinte. Vorne, neben der Scheunentür, stand ein alter Strandkorb, so einer, wie Trudy ihn nur von nostalgischen Postkarten kannte. Dahinter in die Ecke gezwängt hockten zwei Schüler der I.O.S. Der eine Junge hatte schwarzes Haar, aber lockig, genau so, wie Trudy sich ihres immer gewünscht hatte. Der andere Junge …

»Hey, den kenne ich«, sagte sie erstaunt und hockte sich wieder neben Marlene.

»Du kennst einen Schüler von der I.O.S.?«, fragte Marlene.

»Kennen ist übertrieben«, gab Trudy zu. »Aber ich hab ihn schon einmal getroffen. Im Einkaufscenter für Spionagezubehör. Oscar ist sein Name, wenn ich mich recht erinnere. Das Schlimmste an Oscar ist aber nicht die Tatsache, dass er ein Junge ist oder auf die I.O.S. geht, sondern seine Oberzickenschwester Emily. Ich frage mich, was die beiden hier wohl suchen«, überlegte Trudy laut und spähte noch einmal durchs Fenster. Noch immer beobachteten die beiden Jungs die Männer von der Spurensicherung bei ihrer Arbeit.

»Fragen wir sie.« Marlene schlich geduckt unter dem Fenster entlang und Trudy blieb nicht viel anderes übrig, als ihr zu folgen.

»Wo geht's denn hin?«, rief Sophie Lund, als Trudy und Marlene gerade die Scheune betreten wollten.

»Wir sehen uns nur mal ein bisschen um, Mama.« Marlene deutete in die Scheune.

»Auf gar keinen Fall!«, entgegnete Frau Lund scharf.

»Komm schon, Mama. Wir fassen auch nichts an«, bettelte Marlene.

»Ich sagte: Nein.« Frau Lund kam herübergeeilt, als Marlene sich schon an den beiden Männern vorbeiquetschen wollte, die noch immer an der Eingangstür auf der Suche nach Fingerabdrücken waren.

So ein Unsinn, dachte Trudy, denn welcher Einbrecher war wohl so dämlich, keine Handschuhe zu tragen? All diese Fingerabdrücke, die die Männer in mühevoller Kleinarbeit mit einem Fehhaarpinsel und Rußpuder sichtbar machten, waren nichts anderes als die Hinterlassenschaften der nichts ahnenden Kundschaft.

»Marlene Lund!«, zischte Frau Lund zwischen zusammengekniffenen Lippen warnend hervor.

Oh, oh, dachte Trudy, sie meint es ernst.

»Niemand außer der Spurensicherung und der Kriminalpolizei hat Zugang zum Tatort.« Frau Lund nickte den beiden Männern der Spurensicherung zu, vermutlich um sicherzustellen, dass sie Trudy und Marlene nicht durchlassen würden.

»Das ist voll ungerecht«, protestierte Marlene wütend. »Wieso dürfen die Jungs von der I.O.S. rein und wir nicht?«

»Was sagst du da?« Tante Rita, die neben Frau Lund gerade mit dem Ladenbesitzer sprach, horchte auf.

»Ja-a-a, genau!« Marlene nickte heftig, so als wolle sie sagen: Ihr habt das schon ganz richtig verstanden.

»Einen Augenblick. Das haben wir gleich.« Tante Rita stürmte das Ladenlokal. Für Trudy war ihre Art schon fast ein gewohnter Anblick: vornübergebeugt, die Arme auf dem Rücken verschränkt, als müsste sie mit dem Kopf die Tür einrennen. Die Herren der Spurensicherung wichen beeindruckt zurück.

Trudy zwinkerte Marlene kurz zu. Irgendwie rechnete sie damit, dass Tante Rita die beiden Schüler der I.O.S. links und rechts an den Ohren packen und mit ihnen im Schlepptau wieder aus der Scheune preschen würde. Aber dem war nicht so. Sekunden später erschien Rita in der Scheunentür und rief: »Wollt ihr uns auf den Arm nehmen?«

»Nein, Tante Rita, ich hab sie auch gesehen. Sie sitzen dort neben der Tür hinter dem alten Strandkorb.«

Tante Rita verschwand noch einmal in der Scheune und kehrte nach kurzer Zeit schimpfend zurück. »Wenn da jemand sitzt, heiß ich ab heute Richard!« Kopfschüttelnd stampfte sie zurück zu Herrn Martins.

»Aber das kann doch gar nicht sein.« Marlene wollte

schon in die Scheune stürmen und Trudy eilte ihr hinterher, als die Männer in den weißen Plastikanzügen sich ihnen in den Weg stellten und den Kopf schüttelten.

»Da müsst ihr euch schon einen besseren Trick ausdenken, um einen Tatort vor der Freigabe betreten zu dürfen«, sagte Frau Lund und ging ebenfalls zurück an ihre Arbeit.

»Ich habe sie gesehen!«, schimpfte Marlene. »Mit meinen eigenen Augen. Wir haben nicht …«

»Lass es gut sein, Marlene, und komm schnell«, flüsterte Trudy und packte ihre Freundin am Arm. Sie hatte etwas entdeckt.

Hinter der Scheune, zwischen Waldkiefern getarnt, entfernten sich gerade zwei Verdächtige vom Tatort.

Oh. Sie waren nicht verdächtig, den Einbruch verübt zu haben.

Diese beiden Jungs in ihren schwarzen Schuluniformen waren der unerlaubten Spionage überführt worden. Gut, zu diesem Zeitpunkt ließ sich das nicht beweisen, aber Trudy genügte für den Augenblick, dass sie es wusste.

»Was hast du vor?«, fragte Marlene, als Trudy um die Scheune herumschlich.

»Wir müssen ihre Fährte aufnehmen, bevor sie mit entscheidenden Beweisstücken das Weite suchen. ist doch klar.«

Geheimniskrämerei

Die Jungs waren schnell und bewegten sich flink und wendig zwischen den Bäumen davon, sodass es nicht so leicht war, ihnen auf der Spur zu bleiben. Der Boden war sumpfig und die Grasbüschel ragten kniehoch aus dem morastigen Boden. Immer wieder stachen Disteln oder holziges Gestrüpp Trudy in die Beine. Sie trug nämlich im Gegensatz zu Marlene immer noch ihre Schuluniform und ärgerte sich fürchterlich darüber, dass sie sich nicht als Erstes umgezogen hatte. Aber wie konnte sie auch ahnen, dass sie heute Nachmittag auf Verfolgungsjagd ins Moor gehen würde?

Sie entfernten sich immer weiter vom Dorf. Schon längst verdeckten die Kiefern den Blick zurück auf die Scheune mit dem Antiquitätenladen.

»Dort am Ende, hinter dem Hügel, ist die Landstraße zur I.O.S.«, raunte Marlene.

Zum Glück kannte Marlene sich hier bestens aus. Die Gegend war ideal dafür, sich zu verlaufen.

Trudy blieb stehen und hielt den Zeigefinger an die Lippen. Sie konnte die Jungs nicht mehr sehen. Lauschend horchte sie, um ihre Fährte wieder aufzunehmen. Doch es war wie verhext. Sie standen minutenlang reglos in dieser Einöde und nichts, kein einziges Astknacken war zu hören.

»Wo stecken die nur?« Marlene sah auf ihre Armbanduhr. »Es ist schon nach fünf.«

»Wo geht es zur Landstraße?«, wollte Trudy wissen. »Jede Wette, dass die Jungs längst auf dem Weg ins Spoinage-Institut sind, wenn sie nicht sogar schon dort angekommen sind.« Sie überlegte. »Lass uns den Weg zurück über die Landstraße nehmen. Um die Jungs kümmern wir uns ein anderes Mal.«

Sie gaben sich keine Mühe mehr, leise zu sein, und stapften über das nasse Gras den Hügel hinauf. Klamme Kälte kroch an Trudys Beinen empor, was aber mehr an ihren nassen Strümpfen und nicht an dem Anblick des weißen Dunstes lag, der unheimlich aus den Wiesen aufstieg.

»So eine Moorgegend ist sicher der ideale Ort für die Vertuschung eines Verbrechens«, sagte Trudy begeistert, als sie auf der Spitze der kleinen Anhöhe angekommen waren und einen guten Rundumblick über die Moorwiesen bis hinüber zur Sherlock-Holmes-Academy hatten. »Sieh nur, wie alles unter dem Nebelschleier verschwindet.«

Es sah tatsächlich faszinierend aus, wie der weiße Nebel den Boden zudeckte und die Häuser, Bäume und Sträucher, ja selbst die Begrenzungspfosten und Straßenschilder der Landstraße aus seinem Dunst aufragen ließ, als wüchsen sie aus dem Nichts empor.

»Ich möchte ja zu gerne wissen, wie viele Menschen sich in all diesen Mooren hier schon verirrt haben und für immer von ihm verschluckt wurden«, flüsterte Trudy geheimnisvoll.

»Mir genügt fürs Erste zu erfahren, wie die beiden *das* hingekriegt haben.« Marlene deutete auf die Landstraße. Weit hinten, kurz vor der Abzweigung hinunter nach Cranesbill, konnte man zwei Radfahrer erkennen. Sie trugen, soweit man das auf die Entfernung sehen konnte, schwarze Schuluniformen.

»Verdammt, Marlene!«, rief Trudy und sauste den Hügel hinunter zur Landstraße. »Die haben uns im Nebel ausgetrickst. Und wir sind ihnen in die Falle getappt wie lächerliche Anfänger.«

Trudy fluchte und schimpfte den ganzen Weg zurück ins Dorf. »Stell dir nur vor, wie peinlich, wenn sie das in ihrer Schule erzählen.«

»Grauenvoll«, murmelte Marlene und sah sich ängstlich um.

Trudy war sich nicht so sicher, ob Marlene damit die Vorstellung meinte, dass die Jungs sie verspotten konnten, oder den spukhaften Anblick des immer dichter werdenden Nebels.

»Ich hatte den Weg gar nicht so weit in Erinnerung«, meinte Marlene sorgenvoll und schlang die Arme eng um ihren Oberkörper. »Außerdem wird mir kalt.«

»Wir sind auf der Landstraße, also was soll schon passieren?«, erwiderte Trudy.

»Zum Beispiel das!«, brüllte Marlene erschrocken, als sie beide im letzten Augenblick in den Graben sprangen, weil der Fahrer eines vorbeirasenden Autos sie im Nebel nicht gesehen hatte.

Der Wagen stoppte und kam mit aufheulendem Motor im Rückwärtsgang zurück.

»Trudy?«, rief jemand ihren Namen, und erst jetzt erkannte Trudy, welches Auto sie da beinahe überfahren hätte. Es war ein schwarzer Mini, und niemand anders als Tante Rita sprang nun heraus. »Wir haben euch schon überall gesucht!«, rief sie vorwurfsvoll.

»Warum?«, fragte Trudy arglos und kletterte aus dem Graben.

»Warum?« Tante Rita schnappte nach Luft. »Du hast vielleicht Nerven. Ihr verschwindet so einfach mir nichts, dir nichts vom Tatort, obwohl ihr es gar nicht abwarten konntet, den Laden unter die Lupe zu nehmen.« Sie ging zurück zum Auto und kramte in der Handtasche nach ihrem Handy.

Trudy und Marlene tauschten verschwörerische Blicke. Blicke, die sagten: Kein Wort von den Jungs.

Tante Rita informierte Marlenes Mutter, dass sie die Mädchen wohlbehalten gefunden hatte. Sie hatte noch nicht aufgelegt, da schimpfte sie schon wieder. »Besonders der frühe Herbst ist hier im Moor sehr gefährlich. Wenn die Erde noch warm ist, die Luft sich jedoch gegen Abend schlagartig abkühlt, dann steigen die gefährlichen Abendnebel auf. Ihr wärt nicht die Ersten gewesen, für die man einen Suchtrupp hätte rausschicken müssen.«

»Es tut mir sehr leid, Tante, äh, Frau, äh …« Marlene stutzte. »Wie heißen Sie eigentlich?«

»Taff natürlich. Rita Taff. Aber für Freunde meiner Nichte heiße ich Rita oder von mir aus auch Tante Rita.« Sie zupfte den dunkelbraunen Lederhandschuh von ihrer Hand und reichte sie Marlene. »Freut mich, Fräulein Lund.«

Marlene kicherte. »Marlene. Sagen Sie, äh, sag ruhig Marlene zu mir, Tante Rita.«

Trudy grinste. Ihrer Tante gefiel es offensichtlich, dass Marlene sie soeben Tante Rita genannt hatte.

»Wenn wir hier nicht festwachsen wollen …«, Tante Rita schlüpfte umständlich wieder in ihren Handschuh, »... oder zum guten Schluss tatsächlich noch überfahren werden möchten, dann schlage ich vor, wir steigen nun hurtig zu Bosco ins Auto.« Bosco von der Bogenhütte bellte laut, als er seinen Namen hörte. »Ja, mein

Guter, ja. Du hast recht. Das klingt nach einem Gruselroman: drei einsame Damen im nebligen Moor.«

Sie fuhren nicht zurück zum Antiquitätenladen, sondern zu Familie Lund. Marlene wohnte mit ihren Eltern in einem kleinen, gemütlichen Fachwerkhaus, dessen Fensterläden himmelblau gestrichen waren. Frau Lund stand schon in der Haustür und schloss Marlene erleichtert in die Arme, bevor sie sich durch das offene Fenster des Minis beugte und Tante Rita die Hand reichte: »Danke, Frau Taff. Kommen Sie und Ihre Nichte doch noch auf einen Tee herein.«

Trudy wollte gerade schon aus dem Wagen springen. Nichts lieber als das, dachte sie. Doch Tante Rita winkte ab. »Ein anderes Mal gerne, Frau Lund. Ich habe noch zu arbeiten.« Sie nickte Trudys Freundin kurz zu und ließ dann den Motor an. Während sie den Wagen vom Hof fuhr, warf sie einen prüfenden Blick auf Trudy. »Und du, mein Fräulein, musst dich dringend aus dieser nassen Uniform schälen. Oder bist du etwa die erste Schülerin, der diese Kleidung gefällt?«, fragte sie.

Trudy sah lächelnd aus dem Fenster. Sie mochte Tante Rita mit jeder Minute ein wenig mehr. Und sie mochte Cranesbill. In vielen Häusern des Ortes brannten schon die Lampen und hinter den winzigen Fensterscheiben sah es sehr gemütlich aus. Und doch, dachte Trudy und zog die Augenbrauen nachdenklich zusammen, wohnte vermutlich inmitten dieser Menschen ein Einbrecher. Einer, der nicht einbrach, um irgendwas zu stehlen, sondern einer, der vermutlich auf der Suche nach etwas ganz Bestimmtem war. Und das war das Schaurigste an der Vorstellung, dass hier in der Idylle ein Verbrecher wohnte. Solange er nicht gefunden hatte, was er suchte, war jedes Haus und jedes Geschäft gefährdet, das nächste Ziel seines Raubzugs zu sein.

Als sie im Moosbeerhaus angekommen waren, brachte Tante Rita Trudy in ein kleines Zimmer hinter der Küche und sagte: »Es tut mir leid, aber ich habe selten Gäste. Deshalb habe ich auch nur dieses winzige Gästezimmer.«

»Oh«, sagte Trudy und sah sich in der engen Kammer um. Es war wirklich das kleinste Zimmer, das sie jemals in ihrem Leben gesehen hatte. »Sagen wir es mal so: Du hast kaum Gäste und trotzdem ein Gästezimmer. Das ist doch großartig.« Sie warf ihre Tasche aufs Bett und erklärte fröhlich: »Ich richte mich dann mal gemütlich ein.«

Tante Rita verschwand in der Küche. Sekunden später sah sie noch einmal um die Ecke. »Gebackene Kartoffeln?«, fragte sie.

»Klingt ausgezeichnet«, antwortete Trudy lächelnd.

»Tante Rita?«, rief sie ihrer Tante schnell hinterher, als diese schon auf dem Weg zurück in die Küche war.

»Ja?« Tante Rita schaute noch einmal um die Ecke.

»Kann ich dir dabei helfen?«, fragte Trudy.

Tante Rita überlegte. Dann huschte ein Lächeln über ihr Gesicht und sie antwortete: »Klingt ausgezeichnet.«

Sie aßen spät, erst gegen neun Uhr.

»So viel habe ich schon lange nicht mehr gegessen«, sagte Rita und wischte ihren Mund mit der Serviette ab. »Und jetzt einen Marillenlikör!«, seufzte sie, schob das Geschirr etwas zur Seite und ging zu einer alten, verschnörkelten Anrichte hinüber.

»Was habt ihr denn so herausgefunden im Antiquitätenladen?«, fragte Trudy neugierig.

»Och, dies und das«, sagte Tante Rita und trank den ersten Likör an Ort und Stelle. Mit dem zweiten vollen Gläschen setzte sie sich wieder zu Trudy an den Tisch.

»Echt? Ihr habt was herausgefunden?« Trudy war erstaunt.

»Ja, das haben wir.« Tante Rita nickte bedächtig und drehte das Glas in ihren Händen.

»Nun sag schon, Rita. Was wisst ihr?« Trudy wurde ungeduldig.

Tante Rita beugte sich weit über den Tisch und flüsterte: »Polizeigeheimnis.«

Zwei Stunden später lag Trudy immer noch auf ihrem Bett und grübelte über der alten Karte. Nichts, kein Wörtchen hatte Tante Rita preisgegeben. Aber Trudy war sich sicher, dass Rita nicht geblufft hatte. Sie musste etwas herausgefunden haben, denn sie war den restlichen Abend sehr beschäftigt gewesen, hatte an ihrem Schreibtisch gesessen, mit verschiedenen Leuten telefoniert und dabei so leise gesprochen, dass Trudy kein bisschen davon verstehen hatte können.

Das Brummen ihres Handys schreckte Trudy aus ihren Gedanken. *Marlene* stand auf dem Display.

»Marlene? Kannst du mich hören?«, hauchte Trudy fast tonlos ins Handy.

»Ja, geht so. Wo steckst du? Ist was passiert?«

»Ich weiß nicht, Marlene. Rita erzählt mir nicht alles.« Trudy rückte in die hinterste Ecke ihres Bettes und zog sich die Bettdecke über den Kopf.

»Das ist ja sehr interessant. Dann weiß deine Tante Rita mehr als wir«, erzählte Marlene. »Mama tappt wirklich im Dunkeln. Sie brütet seit Stunden über den Polizeiprotokollen. Und sie berät sich mit Papa. Das macht sie nur, wenn sie keinen Ansatz findet. Mama und Papa arbeiten nie am gleichen Fall …«

»Seltsam«, flüsterte Trudy, rutschte nach vorne auf die Bettkante und hielt die Karte unter die Nachttischlampe.

»Marlene?«, sagte sie plötzlich aufgeregt und sprang vom Bett, um nachzusehen, ob Tante Rita nicht doch lauschend hinter der Tür stand. Aber Rita telefonierte noch immer. »Marlene! Da sind Eulen auf der Karte«, flüsterte sie deshalb nun ins Telefon.

»Eulen?« Marlene war so verwirrt, dass sie vergaß, leise zu sprechen.

»Pssst«, machte Trudy. »Du verrätst uns noch. Ja, Eulen, Marlene. Winzige schwarze Eulen.«

»Aber es gibt doch gar keine schwarzen Eulen«, sagte Marlene und fügte hinzu: »Soweit ich weiß.«

»Eben. Aber weißt du, was noch viel interessanter ist?«, fragte Trudy und sah zur Vorsicht noch einmal genau auf der Karte nach.

»Nun mach es nicht so spannend, Trudy. Was ist noch viel interessanter?«, drängte Marlene.

»Eine Eule ist bei den dreizehn Birken eingezeichnet. Die Eule, die wir schon entdeckt haben. Erinnerst du dich? Und wenn ich mir die Karte genau ansehe, dann entdecke ich eine Menge weiterer Eulen. Aber sie sind verdammt schwer zu erkennen, der Zeichner hat sie so geschickt in die Fenster und Mauern eingefügt, dass sie fast eins werden mit dem Hintergrund.«

»Das macht doch gar keinen Sinn. Warum all diese schwarzen Eulen? Wo genau hast du die anderen Vögel denn auf der Karte gefunden?«, fragte Marlene.

»Zwei Eulen sitzen auf dem Schild mit dem Hinweis: *Zur I.O.S: 3 km*. Und gleich drei Eulen finde ich an der Sherlock-Holmes-Academy. Zweimal auf dem Westturm und einmal in der Luft schwebend ziemlich in der Mitte, ungefähr über dem Hauptportal. Aber eine Eule ist auch … hier.«

»Hier? Was heißt hier?«, wisperte Marlene.

»Im Moosbeerhaus.«

»Du meinst …?«

»Genau. Ich glaube, Tante Rita weiß mehr, als sie zugibt. Mehr noch, Marlene. Tante Rita muss in den Fall verwickelt sein.«

Trudy verabschiedetete sich schnell und legte auf, weil sie meinte, Schritte näher kommen zu hören. Sie schlich zur Zimmertür und spickte um die Ecke. Nichts. Tante Rita saß noch immer am Schreibtisch und diskutierte leise, aber lebhaft mit irgendwem. Trudy schloss die Tür und lehnte sich mit dem Rücken an das kühle Holz.

Plötzlich hörte sie ein Pochen. Aber es war wohl ihr Herz, das ihr einen Streich spielte, denn es hämmerte laut in ihrer Brust.

Sie huschte zurück zum Bett und warf einen letzten Blick auf die geheimnisvolle Karte. Dann faltete sie sie sorgfältig wieder zusammen und versteckte sie zwischen den Seiten ihres Buches *Observationsmethoden*.

Es war unwahrscheinlich, dass Tante Rita in diesem Buch etwas Verdächtiges vermutete.

Trudy legte sich aufs Bett, verschränkte die Arme hinter dem Kopf und dachte nach. Wie war das Moosbeerhaus, und damit Tante Rita in den Fall verstrickt und was hatten all diese schwarzen Eulen nur zu bedeuten?

Rätsel um die schwarzen Eulen

Ein Motorengeräusch weckte Trudy noch vor der Morgendämmerung. Sie huschte auf Zehenspitzen zum Fenster und sah gerade noch die Rücklichter des Minis weit hinten auf dem Feldweg in der rabenschwarzen Nacht verschwinden.

Trudy suchte auf ihrem Nachtschränkchen nach der Taschenlampe und blickte als Erstes auf ihre Uhr. Kurz vor fünf. Wohin wollte Tante Rita nur so früh am Morgen? Trudy gähnte und rieb sich den Schlaf aus den Augen. Nur für den Bruchteil einer Sekunde dachte sie darüber nach, wieder zurück ins Bett zu schlüpfen. Aber das wäre eine riesengroße Dummheit, denn wann hatte sie schon einmal solch eine gute Gelegenheit, sich im Moosbeerhaus in Ruhe umzusehen?

Sie schlich vorsichtig durchs Haus. Tante Rita musste Bosco mitgenommen haben, denn sein Platz im Flur war leer. Das Ticken der riesigen Standuhr im Wohnzimmer klang wie Schritte draußen auf dem Kies und Trudy sah immerzu alarmiert zum Fenster hinaus.

Auf dem Schreibtisch war zu ihrem Ärger aufgeräumt worden. Nichts, kein einziger Notizzettel deutete auf das Chaos hin, das gestern Abend noch dort geherrscht hatte. Trudy griff gerade nach dem zierlichen Griff der Schreibtischschublade, als ein lauter Gongschlag beinahe ihr Herz stehen bleiben ließ. Einmal. Zweimal. Dreimal. Viermal. Fünfmal. Dann raschelten Metallketten und klimperten schaurig aneinander. Trudy saß wie festgefroren auf dem Schreibtischstuhl und wagte kaum, sich zu bewegen. Längst war ihr klar, dass das gruselige Getöse hinter ihr nur von der Standuhr kommen konnte, aber sie musste erst ein paarmal tief durchatmen, bevor sie sich traute, sich umzudrehen, um auch ganz sicher zu sein.

Langsam zog Trudy die Schreibtischschublade auf und freute sich. Da hatte sie ja gleich wieder den richtigen Riecher gehabt. Zu drei ordentlichen Stapeln aufgetürmt lagen darin Fotos, Zeitungsartikel und Notizen.

Sie griff zuerst nach den Zeitungsartikeln. Bevor sie ihre Taschenlampe einschaltete, vergewisserte sie sich noch einmal, dass Tante Rita nicht schon wieder im Anflug war.

Das Datum auf den Zeitungen verriet, dass die Artikel sehr alt waren. Ziemlich genau dreißig Jahre, wie Trudy im Kopf überschlug. Trudy überlegte, wie alt Tante Rita wohl sein mochte. Sie hatte gestern erzählt, sie selbst wäre im letzten Jahr an der Sherlock-Holmes-Academy gewesen, als Trudys Vater dort aufgenommen wurde. Da die Ausbildung sechs Jahre dauerte und ihr Vater heute 43 Jahre alt war, kombinierte Trudy, dass Tante Rita etwa 48 Jahre alt sein musste. »Sie war also etwa 18 Jahre alt, als das hier in der Zeitung stand«, schloss Trudy und vertiefte sich in die Berichte. *Geheimnisvolle Bande hat wieder zugeschlagen, Mysteriöse Bande blamiert die Kripo, Rätsel um die Ermittlerbande* oder *Verbrecherjagd im Zeichen der Verschwiegenheit* lauteten die Überschriften.

»Interessant«, flüsterte Trudy, beobachtete einen Augenblick den Feldweg und horchte in den anbrechenden Morgen. Als sie sicher war, dass Tante Rita noch nicht zurückkommen würde, las sie den ersten Artikel.

Geheimnisvolle Bande hat wieder zugeschlagen

von Jonathan Smith

Wollmoor/Cranesbill: Am frühen Freitagmorgen hat die geheimnisvolle Bande wieder zugeschlagen. Exakt um 5:13 Uhr ging auf der Polizeiwache in Cranesbill im Landkreis Mistyfields ein anonymer Anruf ein. Jemand meldete mit verstellter Stimme, dass der lang gesuchte Brandstifter Tom R. überführt sei und zusammen mit den nötigen Beweisstücken bei der Grotte Grim-Hollows auf seine Festnahme warte. »Die Erfahrungen der letzten Monate sagten uns gleich, dass wir es wieder mit dieser *mysteriösen Bande* zu tun haben mussten, die in der jüngsten Vergangenheit schon häufiger Fälle für uns gelöst hat«, so Hauptkommissar E. Terry gegenüber *Cranesbill News*. Und: »Tatsächlich fand man Tom R. bei der Grotte. Er war gefesselt, aber unversehrt, und neben ihm, in einer Plastiktüte, fand die Polizei das entsprechende Beweismaterial.« Weitere Angaben wollte E. Terry zu diesem Zeitpunkt der Ermittlungen noch nicht machen. Doch wieder einmal deutet alles darauf hin, dass die rätselhafte Bande den Fall vor der Kriminalpolizei gelöst hat.

Trudy las Artikel um Artikel. Im Grunde ging es darin immer um das Gleiche: Eine geheime Bande hatte einen Fall vor der Kriminalpolizei gelöst.

Irgendwann stellte Trudy fest, dass der Morgen angebrochen war. Es dämmerte und das bedeutete: Das Moor erwachte und ließ seinen weißen Atem in den kühlen Morgen hinaufsteigen.

Trudy spürte, dass Tante Rita jeden Augenblick zurückkommen würde, und legte die Zeitungsartikel wieder ordentlich an ihren Platz zurück. Sie warf noch schnell einen Blick auf die Fotos und stellte erstaunt fest, dass es sich um alte Schulfotos handelte. »Du hast tatsächlich recht, Tante Rita«, flüsterte Trudy plötzlich. »Ich sehe ja wirklich aus wie du!« Das Mädchen auf den alten Fotos hatte glattes, langes schwarzes Haar. Sie trug eine Schuluniform der Sherlock-Holmes-Academy und Trudy stellte fest, dass sich die Uniform in all den Jahren kaum verändert hatte. Es war verblüffend, wie sehr dieses Mädchen auf den alten Fotos ihr ähnelte.

Ein leises Motorengeräusch ließ Trudy hochschrecken. Tante Rita kam nach Hause. Trudy legte schnell die Fotos in die Lade zurück und huschte in ihr Zimmer. Keine Sekunde zu früh, denn sie lag gerade wieder in ihrem Bett, als die Reifen auf dem Kies vor dem Haus knirschten. Dann hörte sie das freudige Bellen Boscos.

Trudy wartete, bis Tante Rita leise in der Küche hantierte, bevor sie wieder aufstand. Sie gähnte, als sie ihre Zimmertür öffnete, und tat so, als brächte sie gerade mal ein »Morgen« heraus.

»Guten Morgen, Trudy!«, rief Tante Rita beschäftigt, denn sie bereitete gerade das Frühstück zu. »Hast du gut geschlafen?«, fragte sie und ließ gluckernd Wasser in einen alten Kessel laufen. »Ich war übrigens schon mit Bosco unterwegs. Es ist ein solch herrlicher Morgen, Trudy. Und ich habe uns auf dem Rückweg frische Brötchen mitgebracht.«

»Wundervoll, Rita!« Trudy gähnte noch einmal kräftig. Dieses Mal aber ehrlich. Es war kurz nach neun am Samstagvormittag und sie war schon wieder müde. Nur das konnte Tante Rita natürlich nicht ahnen.

Rita stellte alles auf ein Tablett und ging hinüber zum Esstisch. Sie schubste die beiden Fensterflügel weit auf und atmete die Morgenluft tief ein. »Herrlich, solch ein neuer Tag. Man beginnt immer wieder von vorn, ohne die unsinnigen Gedanken von gestern.«

Sie saßen gerade beim Frühstück, als das Telefon klingelte. Tante Rita stellte ihre Tasse laut klappernd zurück auf den Unterteller und schnappte nach dem Hörer. Trudy grinste über das altmodische Telefon mit der riesigen Wählscheibe.

»Taff!«, rief Rita in den Hörer und es klang für Trudy vertraut, obwohl sie es aus Ritas Mund noch nie zuvor gehört hatte.

»Guten Morgen, Herr Nolte … Nein, Sie stören überhaupt nicht … Nun reden Sie schon. Wo …? Im Internat?«, rief Tante Rita und legte auf. Sie drehte sich zu Trudy herum und sah sie entsetzt an. »In der Sherlock-Holmes-Academy ist eingebrochen worden.«

Drei Minuten später saßen Rita, Trudy und Bosco im Mini und schossen den Feldweg hinab Richtung Landstraße. Dabei hatte es allein zwei Minuten gedauert, Bosco ins Auto zu bugsieren, denn er war so müde, dass sie ihn am Ende kurzerhand hinaustrugen.

Trudy schlang bibbernd die Arme um den Oberkörper. Sie hatte dieses Mal an ihre Tasche gedacht, aber eben nicht an ihre Jacke, und es war ein kühler Septembermorgen. Auf der Moorwiese vor dem Haus entdeckte Trudy eine Storchenfamilie. Vermutlich machten sie Rast auf ihrem weiten Weg in den Süden, bevor die Nebel kälter wurden und ihnen die Flügel lähmen würden. Der Wind blies seinen kalten Atem über das üppige Wollgras, und es erschien Trudy, als würde eine unsichtbare Hand sanft über die langen Grashalme streicheln.

»Tse«, machte Rita seit fünf Minuten. Immer wieder »Tse«. Trudy warf einen prüfenden Blick auf Bosco. Er schlief schon wieder. Nur wenn Rita »Tse« machte, öffnete er jedes Mal kurz das rechte Auge, also das Auge, das von einem braunen Fleck umrandet war, der aussah wie ein fünfzackiger Stern.

»Ins Internat. Glaub ich es denn?«, flüsterte Rita und lenkte den Mini fast ungebremst um die Kurve auf die Landstraße.

»Sag mal, Tante Rita?«, begann Trudy vorsichtig ihre Frage.

»Hmmh?«, machte Rita gedankenverloren und trat noch einmal kräftig aufs Gaspedal.

»Gibt es hier eigentlich Eulen?«, fragte Trudy.

»Aber ja, Kind. Schleiereulen, Schneeeulen …«, zählte Rita auf.

»Auch schwarze Eulen?«

Trudy ließ Rita keinen Moment aus den Augen. Sie wollte jede Regung, jedes Zucken im Gesicht ihrer Tante mitbekommen.

Und tatsächlich sah es so aus, als verlöre Tante Rita jegliche Kontrolle über sich. Sie riss die Augen weit auf und ihre Kinnlade klappte hinab. Die Farbe wich aus ihrem Gesicht und sammelte sich am Hals in hektisch roten Flecken. »Schwarze Eulen?«

»Schwarze Eulen«, bestätigte Trudy.

»Wie kommst du denn auf schwarze Eulen?«, wollte Rita wissen.

»Warum nicht? Ich habe mich gefragt, ob es wohl welche gibt.« Trudy zeigte auf die 13 Birken, an denen sie gerade vorbeifuhren. »Ich dachte, ich hätte dort gerade eine gesehen. Deshalb … STOPP!«, schrie Trudy erschrocken und zeigte nach vorne. Vor ihnen überquerten Heidschnucken die Straße.

Rita sah überrascht nach vorne und legte eine Vollbremsung hin. Wenige Meter vor den gehörnten Schafen blieb der Mini stehen.

Rita krallte ihre Hände ins Lenkrad, sodass die Knöchel sich weiß verfärbten. Wie in Zeitlupe drehte sie sich erneut zu Trudy herum. »Eine schwarze Eule«, flüsterte sie und schüttelte ungläubig den Kopf.

Trudy zuckte nur mit den Schultern und war froh, dass sie im Auto saß. Die Heidschnucken hatten sie inzwischen von allen Seiten umzingelt und einige begannen begeistert, an den Fensterscheiben zu lecken.

Tante Rita hupte, aber davon ließen sich die Tiere nicht beeindrucken. Sie trabten gemütlich über die Straße und riefen ihr »Mäh!« meckernd in den Morgen. Rita beugte sich zu Bosco hinüber und sagte: »Bin ich froh, dass du ein schlaues Tier bist, Bosco von der Bogenhütte!« Dann zwinkerte sie Trudy zu und ließ den Motor aufheulen. »Na also«, meinte sie zufrieden, als die Schafe auseinandersprangen und ihnen nach und nach den Weg zur Sherlock-Holmes-Academy freigaben.

Ein riesiges Aufgebot an Kriminalpolizei und Spurensicherung war vor dem Schlossportal versammelt. Isolde Korn sprach gerade mit Frau Lund. Die drei Herrn der Spurensicherung schlüpften soeben in ihre weißen Plastikanzüge. Herr Nolte unterhielt sich mit einigen Journalisten und gestikulierte dabei die ganze Zeit wild mit seiner Pfeife. Und überall dazwischen liefen Schüler aufgeregt umher, nur natürlich heute nicht in ihrer Schuluniform, es war ja Samstag.

Rita stellte den Mini auf dem Rasen ab und kramte im Handschuhfach. Ein Klopfen an der Windschutzscheibe ließ Trudy zusammenzucken. Doch Rita schien sich kein bisschen zu wundern. Sie kurbelte die Scheibe hinab und sagte: »Guten Morgen, Victor!«

Victor trug auch samstags seine Uniform. Er deutete wie immer eine leichte Verbeugung an und meinte: »Ich muss Sie bitten, diesen Wagen unverzüglich vom Rasen zu entfernen.«

»Aber Victor. Sie werden doch ein Herz für eine alte Detektivin haben!«, flötete Rita, legte ein kleines Metallschild vor die Windschutzscheibe, stieg aus und lief schnurstracks zum Schulportal.

Trudy sprang aus dem Wagen und las »Ermittlerin im Einsatz« auf dem Blechschild. Sie warf einen letzten Blick auf den empörten Victor, dann wollte sie hinter Rita hereilen, als jemand leise ihren Namen rief.

»Psst, Trudy!«

Es dauerte ein paar Sekunden, bis sie Marlene in dem Trubel entdeckte.

»Weißt du, wo sie eingebrochen haben?«, flüsterte Marlene und zog Trudy ein wenig zur Seite.

»Ja, hier in der Academy.« Trudy zeigte zum Schlossportal, vor dem Isolde Korn kopfschüttelnd einigen Schülern den Zutritt verweigerte.

»Ja, logo. Aber wo im Schloss?«, wisperte Marlene ungeduldig.

»Woher soll ich das wissen?« Trudy sah Marlene mit hochgezogenen Augenbrauen fragend an.

»Sie sind an drei Stellen eingebrochen. In Victors Büro neben dem Portal«, Marlene zeigte auf das kleine, vergitterte Fenster neben dem Haupteingang, »in Isolde Korns Büro«, ihr Finger deutete hinauf ins erste Stockwerk, wo Isolde Korns Büro auf der rückwärtigen Seite lag, »und …?«, fragte sie und hielt inne.

»Und?«, wiederholte Trudy ungeduldig. »Nun sag schon.«

Marlenes Finger sauste an Trudys Nase vorbei, führte ihren Blick hinauf zum Westturm bis kurz unter die Turmuhr. »In dein Zimmer, Trudy Taff.«

»Sag das noch mal«, sagte Trudy ungläubig. Aber das musste Marlene gar nicht. Sie hatte gerade Violetta und Evie in der Menge entdeckt, und als sie deren schadenfrohe Blicke auffing, wusste sie, dass Marlene nicht gescherzt hatte.

Trudy sauste quer über den Vorplatz und sprang in wenigen Sätzen die Stufen zum Portal hinauf.

»Hier geht es nicht hinein«, sagte Frau Korn.

»Ich will sofort mein Zimmer sehen!« Trudy versuchte, sich an Isolde vorbeizuquetschen, als sie sich plötzlich am Arm gepackt fühlte. Frau Lund zog sie nah zu sich heran und sagte: »Solange die Spurensicherung hier noch nicht fertig ist, betritt niemand dieses Haus. Auch die Kripo nicht.«

»Aber ich bin nicht die Kripo. Ich bin Trudy Taff und bei mir ist eingebrochen worden!«, rief Trudy erbost zurück.

»Das ist ja sehr interessant«, meinte Frau Lund. Doch daran, wie sie ihre Augen zusammenzog und Marlene mit zusammengekniffenem Mund ansah, konnte jeder erkennen, dass sie es keineswegs so interessant fand. »Wir sprechen uns noch«, zischte sie Marlene zu, dann wandte sie sich wieder an Isolde Korn. »Sagen Sie, Frau Korn, wer hat den Einbruch als Erstes bemerkt?«

Ja, das interessierte Trudy und Marlene natürlich brennend. Also setzten sie sich auf die oberste Treppenstufe, um das Gespräch zu belauschen.

»Oh, das war ich selber«, antwortete Isolde Korn. »Es war so gegen acht Uhr heute früh. Ich kam gerade mit Dona von einem langen Morgenspaziergang zurück und da sah ich die Bescherung.«

»Aha. Sie sahen also vermutlich, dass das Schloss aufgebrochen war?«, fragte Frau Lund.

»Ja, und dann wollte ich Victor informieren und bemerkte, dass die Tür zu seinem Büro ebenfalls aufgebrochen war«, berichtete Frau Korn. »Zusammen mit Victor habe ich mich dann auf eine erste Erkundungstour durchs Schloss gemacht …«

»Was ein Fehler war«, fiel Frau Lund ihr ins Wort.

»In Ihren Augen vielleicht!«, rief Isolde Korn aufgebracht. »Doch es hätte schließlich durchaus sein können, dass der Eindringling sich noch irgendwo hier in der Academy befand, und es lagen 46 Schüler in ihren

Betten, für die ich die Verantwortung trage. Ich möchte wissen, ob Sie der gleichen Meinung wären, wenn Ihre Marlene heute Morgen hier gewesen wäre.«

»Nun nehmen Sie das mal nicht so persönlich«, erwiderte Frau Lund. »Ich meinte ja auch nur, es wäre professioneller gewesen, sie hätten den Tatort gemieden. Immerhin besteht die Gefahr, dass Sie durch Ihr unachtsames Verhalten wertvolle Spuren verwischt haben. Aber wem sage ich das? Dass Sie zuerst an das Wohlergehen Ihrer Schüler dachten, ist auf der anderen Seite nachvollziehbar und ehrt Sie.«

»Jedenfalls«, wehrte Isolde Korn das Lob ab, »als wir den Westturm abschritten, stellten wir fest, dass die Tür zu Trudy Taffs Zimmer nur angelehnt war. Sie können sich vorstellen, wie erschrocken wir waren, dass der Einbrecher in ein Zimmer eines Schülers eingedrungen war.«

»Was hat der Einbrecher Ihrer Ansicht nach in Trudys Zimmer gesucht?«, fragte Frau Lund und warf Marlene und Trudy einen warnenden Blick zu. Es war ein Blick, der sagte: Wagt es nicht, euch einzumischen oder auch nur den kleinsten Kommentar abzugeben.

»Wenn ich das nur wüsste«, sagte Isolde Korn und blickte am Schloss hinauf bis zur Turmuhr.

»Wetten, derjenige hat das gesucht, was ich in meiner Tasche mit mir herumschleppe?«, fragte Trudy wenige

Minuten später, als sie mit Marlene über den Rasen schlenderte. Es fühlte sich herrlich an, etwas Verbotenes vor den Augen der Schulleitung zu tun und zu wissen, dass einem heute noch nicht einmal Holmes-Münzen dafür abgezogen werden konnten. Schließlich liefen alle an diesem Morgen kreuz und quer über den gehüteten Rasen.

»Du meinst die Karte?«, flüsterte Marlene und sah sich zu allen Seiten um, weil sie sichergehen wollte, dass ihnen ja niemand zuhörte.

»Logisch, denn so viel ist heute Morgen klar, Marlene: Des Pudels Kern liegt in der Karte und dem Geheimnis um die schwarzen Eulen. Und das wiederum bedeutet: Wir zwei halten den Schlüssel zur Lösung dieser Einbruchsserie in unseren Händen.«

»Und jede Wette, dass die da drüben das inzwischen auch ahnen«, flüsterte Marlene Trudy ins Ohr und deutete auf zwei Jungs, die sich unter die Menge gemischt hatten und sie interessiert beobachteten.

Kopfgeld, Jungs und andere Plagen

Nachdem die Spurensicherung ihre Arbeit beendet hatte, wurde das Internat für die Schüler wieder freigegeben. Es erstaunte Trudy und Marlene nicht im Geringsten, dass nichts aus der Schule abhandengekommen war.

Trudys Zimmer war noch versiegelt, doch das hielt sie natürlich nicht davon ab, dort oben nach dem Rechten zu sehen. Sie nutzte den Geheimgang durch Marlenes Kleiderschrank und sah sich in aller Ruhe in ihrem Zimmer um, während die Ermittler glaubten, sie warte in Marlenes Zimmer geduldig auf ihre Befragung.

Trudy versteckte die Geheimkarte in ihrem Zimmer, denn einen sichereren Ort konnte es im Augenblick nicht geben. Niemand würde ihr Zimmer ein zweites Mal durchsuchen. Es wäre zudem höchst riskant, die Karte weiter mit sich herumzutragen, zumindest solange die Spione der I.O.S. in der Academy herumschnüffelten. Und davon ging Trudy aus.

Die anschließende Befragung dauerte nur wenige Minuten und Frau Lund erlebte eine vollkommen ahnungslose Trudy Taff. Nur Tante Rita sah Trudy ein wenig skeptisch aus zusammengekniffenen Augen an.

Für drei Uhr nachmittags wurde eine Versammlung aller anwesenden Schüler anberaumt und im Anschluss daran eine Pressekonferenz. Die Schüler sollten dazu in Schuluniform erscheinen. Trudy und Marlene erklärten, dass sie unter diesen Umständen das restliche Wochenende im Internat verbringen würden. Zur großen Erleichterung der Freundinnen hatte weder Frau Lund noch Tante Rita etwas dagegen einzuwenden, die beiden Ermittlerinnen waren wohl viel zu sehr mit dem neuen Fall beschäftigt.

Die Turmuhr schlug drei, als Isolde Korn »Ich bitte um Ruhe!« durch den Speisesaal rief. Sie war sichtlich nervös und sah ständig auf ihre Armbanduhr. Victor stand an der Flügeltür und begrüßte die immer noch hereinströmenden Besucher. Seit Trudy auf die Sherlock-Holmes-Academy ging, hatte sie den Speisesaal noch nie so voll erlebt. Freie Sitzplätze gab es schon lange nicht mehr. Journalisten liefen vor Isolde Korn auf und ab und das Blitzlichtgewitter konnte einen annehmen lassen, Isolde Korn wäre ein Fernsehstar und nicht nur die Schulleiterin der Sherlock-Holmes-Academy.

Isolde Korn sprach ein paar kurze Begrüßungssätze und gab dann das Wort ab an Frau Lund, die Leiterin der Ermittlungsgruppe »Elster«, wie sie seit dem Morgengrauen hieß.

Marlene zappelte nervös auf dem Stuhl hin und her, als ihre Mutter mit wenigen Worten über die mysteriöse Einbruchsserie berichtete. »Wir tappen leider noch im Dunkeln«, schloss sie ihre Presseerklärung. »Aber so viel scheint sicher: Menschenleben sind wohl nicht in Gefahr.«

»Caroll mein Name!«, rief ein großer, hagerer Mann durch den Saal, nachdem Frau Lund ihm zugenickt hatte. »Ich bin der Inhaber des Buchladens in Cranesbill und das erste Opfer dieses Verbrechers.« Die Journalisten umringten Herrn Caroll schlagartig, um ihn zu fotografieren, was ihn ein wenig aus dem Konzept brachte. »Ich wollte wissen … äh, ach ja: Ich wollte fragen, was die Polizei zu tun gedenkt, um uns vor weiteren Einbrüchen zu schützen.«

Ein Raunen ging durch die Zuhörermenge, viele nickten und es wurde erst wieder leiser, als Herr Nolte nach dem Mikrofon griff. »Ich darf im Namen des Torfmoorwanderklubs mitteilen, dass wir zur Ergreifung des Täters eine Belohnung im vierstelligen Bereich ausgesetzt haben.«

Das Gemurmel im Speisesaal wurde wieder lauter. Trudy sah Marlene bestürzt an. Das fehlte ihnen ja gerade noch, dass sich nun jeder auf die Suche nach dem geheimnisvollen Einbrecher machte!

Herr Caroll tuschelte mit dem Herrn neben ihm, den

Trudy als Herrn Martins, den Antiquitätenhändler, wiedererkannte. Dieser ergriff nun das Wort und augenblicklich ergoss sich auch über ihn eine Blitzlichtflut.

»Herr Caroll und ich haben uns gerade darauf geeinigt, dass wir die Summe des Torfmoorklubs zur Ergreifung des Täters verdoppeln werden«, verkündigte er.

»Warum nur?«, fragte Marlene.

»Oh, eine bessere Werbung können die beiden doch gar nicht bekommen«, vermutete Trudy und grinste wissend, als die Herren Caroll und Martins Schulter an Schulter für die Journalisten posierten.

Frau Korn versicherte den anwesenden Eltern noch einmal eindringlich, dass ihre Kinder zu keiner Zeit in Gefahr gewesen seien. Dann schloss sie die Pressekonferenz.

»Ich denke, wir haben zu tun«, raunte Trudy Marlene zu und sie waren die Ersten, die den Speisesaal verließen.

»Du bist auf die Belohnung aus?«, fragte Marlene, als sie die Treppe zu Trudys Zimmer hinaufstiegen.

»Quatsch, Marlene.« Trudy sah sich zu allen Seiten um, bevor sie flüsterte: »Ich will das Rätsel der schwarzen Eulen lösen.«

Oben in ihrem Zimmer angekommen, holte Trudy die Geheimkarte aus ihrem Versteck. Marlene brauchte eine Weile, bis sie die Eulen darauf ebenfalls erkannte.

»Die sind aber gut getarnt«, meinte sie anerkennend. »Fragt sich nur, warum auf dieser Karte so viele Eulen eingezeichnet sind.«

Trudy drückte auf den Startknopf ihres Laptops. Sie gab ihr Passwort ein und sagte: »Nicht nur das. Ich würde auch gern wissen: Handelt es sich tatsächlich um echte Tiere? Gibt es überhaupt schwarze Eulen?«

Marlene sah Trudy neugierig über die Schulter, als diese das Suchwort »Schwarze Eule« im Internet eingab. »Hmm, tatsächlich. Es gibt wohl wirklich schwarze Eulen. Hier, sieh. Aber sie sind sehr, sehr selten. Und mein Gefühl sagt mir, dass mit den Eulen auf der Karte nicht diese seltenen und nur zufällig sehr dunkel gefiederten Eulen gemeint sind.« Trudy tippte auf den Bildschirm, wo nun die Abbildung einer schwarzen Eule zu sehen war. Sie grübelte einen Moment still vor sich hin, dann schaltete sie den Laptop wieder aus, klappte ihn zu und sagte: »Spannend ist auch die Frage, warum die Eulen genau an diesen Stellen auf der Karte vermerkt sind.«

»Mmhh«, machte Marlene nachdenklich. »Und gleich dreimal in der Sherlock-Holmes-Academy.«

»Eben. Und das bedeutet: Ran an die Arbeit!« Trudy faltete die Karte vorsichtig zusammen und steckte sie unter ihrem Pullunder mit einer Sicherheitsnadel fest. »Da wird ja wohl keiner suchen«, erklärte sie grinsend, schüttelte das lange Haar aus dem Gesicht und vergewisserte sich im Spiegel von allen Seiten, dass man die Karte auch wirklich nicht sehen konnte.

»Wo willst du eigentlich hin?«, fragte Marlene, als Trudy über den Schlossplatz Richtung Bibliothekstrakt lief.

»Ich denke, es macht Sinn, in den alten Jahrbüchern nachzusehen, wer zu der Zeit, als die Karte gezeichnet wurde, hier in der Academy wohnte.« »Aber die Bibliothek ist jetzt geschlossen. Da können wir doch nicht einfach rein.« Marlene war sichtlich unwohl bei dem Gedanken.

»Keine Sorge. Gerade sind alle so mit den mysteriösen Einbrüchen beschäftigt, da wird es niemand auffallen, wenn wir uns heimlich in die Bibliothek schleichen«, meinte Trudy. »Und außerdem wollen wir das Rätsel doch vor den anderen knacken.«

Vorsichtig öffnete Trudy die kleine Holztür mit ihrer Chipkarte und stieg die schmale Treppe hinauf. Die dritte Stufe von oben übersprang sie.

Die Sherlock-Holmes-Bibliothek war eine wahre Fundgrube für Detektive. Hier konnten Ermittler alles finden, was sie für ihre Recherche benötigten. Es gab ein Register mit alten Kriminalfällen und sämtliche Telefonbücher von ganz Mistyfields. Ebenso fand man hier die Abschriften aller Kirchenbücher und Melderegister. Und doch war die Sherlock-Holmes-Bibliothek einer der geheimsten Orte in der ganzen Umgebung. Ausschließlich Schüler und Lehrer der Sherlock-Holmes-Academy hatten hier Zugang, und selbst die Kriminalpolizei musste einen Besucherausweis bei der Schulleitung beantragen, wenn sie zu Recherchezwecken die Bibliothek nutzen wollte. Nie verließ ein Schriftstück diese heiligen Hallen. Und Halle war das richtige Wort.

Trudy und Marlene standen vor einem gusseisernen Geländer und sahen in die Tiefe hinab. Die Sherlock-Holmes-Bibliothek war ein beeindruckender Ort, die Mädchen hatten das Gefühl, auf einem riesigen Turm zu stehen. So weit das Auge reichte, erstreckten sich unter ihnen die nicht enden wollenden Bücherreihen bis ganz, ganz runter zum steinernen Boden, auf dem eine riesige Windrose die Himmelsrichtungen anzeigte. Eine breite Treppe zog sich wie eine Spirale hinab und verband die schmalen, balkonartigen Emporen, die einem in jeder Etage den Zugang zu den Buchregalen ermöglichten. Auf jeder einzelnen Empore fanden sich verschiebbare Leitern, sodass die Schüler all die gelagerten Bücher auch erreichen und lesen konnten.

»Wahnsinn«, flüsterte Marlene und beugte sich über das Treppengeländer.

Trudy zupfte erschrocken an Marlenes Pullover, um sie zurückzuziehen. Ihre Höhenangst war echt ein Handicap. »Wahnsinn, du sagst es.«

»Es wäre allerdings dringend angebracht, hier mal einen Aufzug einzubauen«, schimpfte Marlene keuchend, nachdem sie ungefähr den halben Weg nach unten geschafft hatten und Balkon um Balkon, Treppe um Treppe hinter sich ließen.

»Pssst«, machte Trudy und zog Marlene schnell zu sich heran, ganz nah an die Buchwand. Sie hatte etwas Verdächtiges gehört.

»Was ist?«, fragte Marlene.

»Die Tür.« Trudy deutete mit einem kurzen Nicken nach oben. »Ich hab die Tür quietschen gehört.«

Sie standen reglos da und lauschten in die Höhe. Tatsächlich vernahmen sie ein leises Stimmengemurmel, welches ihnen verriet, dass dort oben mehr als eine Person sein musste.

Zum Glück befanden sie sich gerade auf einem östlichen Balkon. Das bedeutete, dass diejenigen, die viele Stockwerke über ihnen ebenfalls die Bibliothek von Osten her betreten hatten, sie nicht sehen konnten oder nur dann, wenn sie sich weit über das Treppengeländer beugen würden.

»Was nun?«, wisperte Marlene ängstlich.

»Sie kommen herab«, flüsterte Trudy, die am Fuß der Treppe entlang nach oben gespäht hatte.

»Wer ist es denn?« Marlene wollte schon an Trudy vorbeispähen.

Doch Trudy hielt sie zurück. »Unsere Freunde von der I.O.S.«

Marlene riss erschrocken die Augen auf. »Wie kommen die denn hier herein?«, fragte sie leise.

Trudy zuckte nur mit den Schultern. »Wenn wir uns nicht beeilen, sitzen wir in der Falle«, flüsterte sie Marlene ins Ohr.

»Aber wo willst du denn hin?« Marlene sah sich hilflos um. Es gab nur den einen Zugang zur Bibliothek und sie würden die Treppe nicht wieder hochsteigen können, ohne den Jungs in die Arme zu laufen.

»Wir müssen die Treppe weiter hinunterlaufen. Und zwar in ihrem Tempo.«

Trudys Plan ging auf. Sie achteten darauf, dass sie beim Hinabsteigen mit den Jungs Schritt hielten und sich immer an der gleichen Stelle im Turm befanden wie sie, nur eben viele, viele Meter tiefer unten.

Als sie den Fuß der letzten Treppe erreicht hatten, sah Trudy sich suchend nach einem Unterschlupf um. Doch das gestaltete sich schwierig, denn es gab am Grund der Bibliothek nichts als zwölf alte Schreibpulte, an jeder Seite und damit in jeder Himmelsrichtung drei. So klein und schmal, dass sie kaum Sichtschutz boten. Sich hier verstecken zu wollen, war aussichtslos, bis auf …

»Die Treppe«, raunte Trudy.

Sie kauerten sich unter die letzten Stufen der Treppe und warteten. Es dauerte nicht allzu lange, da erspähten sie auch schon die schwarzen Schuhe der beiden Jungs, die direkt über ihnen auf der vorletzten Treppe stehen geblieben waren.

»Hey, Oscar«, hörten sie den einen flüstern. »Wo ist denn nun unsere Verabredung?«

»Oh, das haben wir gleich, Joe«, antwortete Oscar nur, und dann hörten die Mädchen ihn in seiner Tasche kramen. Zu gern hätten sie nachgesehen, was er da machte, aber auf solch einen billigen Trick fielen sie natürlich nicht herein.

»Raindrops keep falling on my head …«, sang es plötzlich aus Marlenes Tasche, und Trudy meinte, ihr müsse das Herz stehen bleiben.

»Oh nein«, wisperte Marlene. »Das ist mein Handy.«

»Die Damen können herauskommen, sie sind überführt«, feixte Oscar und beugte sich vor, um unter die Treppe sehen zu können.

Trudy konnte sich an keinen peinlicheren Moment in ihrem Leben erinnern. Wie zwei Kleinkinder, die beim Naschen erwischt worden waren, standen die Mädchen mit hochrotem Kopf vor den beiden Jungs.

»Woher hast du meine Nummer?«, fauchte Marlene Oscar an, und Trudy nickte heftig dazu. Ja, das würde sie nun aber auch brennend interessieren.

Oscar steckte grinsend sein Handy wieder in die Tasche. »Oh, deine Mutter war so liebenswürdig.«

»Mama?«, kreischte Marlene. »Das glaub ich euch nicht. Nicht Mama!«

Auch Trudy konnte sich kaum vorstellen, dass Frau Lund so etwas tun würde, ohne Marlene zu fragen.

»Es kommt immer auf die Methode an, nicht, Joe?«, meinte Oscar vielsagend. »Äh, Frau Lund, ich habe einen Freund, der ist total in Ihre Tochter verknallt. Aber er traut sich einfach nicht, Marlene anzusprechen. Ob Sie mir wohl ausnahmsweise die Handynummer Ihrer Tochter geben würden? Sie machen einen schwer verliebten Jungen sehr glücklich damit.«

»Das war eine glatte Lüge«, protestierte Marlene und blitzte Oscar böse an.

»Wenn du es sagst.« Oscar und Joe grinsten.

Trudy sah Oscar abschätzend an. Er hatte helle blaugrüne Augen und das blonde Haar hing ihm wuschelig ins Gesicht. Das gefiel ihr, denn sie konnte Jungs nicht ausstehen, die morgens länger vor dem Spiegel standen als Violetta und Evie.

»Und wie kommt ihr überhaupt hier herein?«, fragte Marlene.

Joe zog eine silberne Chipkarte aus seiner Overalltasche. »Die haben wir uns ausgeliehen.«

»Du meinst, ihr habt sie geklaut«, verbesserte Trudy ihn.

»Nein, so kann man es wirklich nicht nennen. Herr Nolte war so nett, uns seine Karte zu zeigen. Und ganz versehentlich haben wir sie vertauscht. Wir werden sie in den nächsten Tagen zurücktauschen gehen, nicht wahr, Oscar?«

Joe hatte pechschwarzes Haar, genau wie Trudy, und wenn er lächelte, bohrte sich ein tiefes Grübchen in die linke Wange seiner maronenbraunen Haut.

»Ja, vielleicht«, bestätigte Oscar.

»Ihr, ihr …«, schimpfte Marlene und wollte nach der Karte schnappen.

»Was wollt ihr überhaupt von uns?«, fragte Trudy und tastete sich langsam rückwärts zur Treppe. Sie warf einen abschätzenden Blick auf all die vielen Treppenstufen auf dem Weg zum Ausgang nach oben und dachte darüber nach, ob sie eine Chance hätte, wenn sie einen Sprint nach oben hinlegte.

»Vergiss es.« Oscar stellte sich ihr in den Weg und setzte sich schließlich demonstrativ breitbeinig mitten auf die Treppe. »Beeindruckend, was, Joe?«, fragte er und sah an den vielen Emporen und Regalen entlang nach oben.

»Wir wollen nur die Karte. Dann könnt ihr gehen«, zischte Joe Trudy plötzlich von hinten ins Ohr.

Trudy und Marlene tauschten alarmierte Blicke. Dann fauchte Trudy Joe an: »Ich weiß nicht, wovon du sprichst!«

»Wirklich nicht?«, fragte Oscar grinsend. Er zog eine winzige Taschenlampe aus seiner Hosentasche und leuchtete mit dem grellen Lichtkegel genau auf Trudys Bauch. Exakt an der Stelle, wo sie die Karte von innen am Pullunder festgemacht hatte, schimmerte es silbern. Die glänzende Nadel war winzig klein, dennoch verräterisch. Und der Pullunder leider aus einem sehr dünnen Stoff.

»Du willst mir weismachen, dass du diese Sicherheitsnadel für nichts und wieder nichts dort trägst?«, meinte Oscar und knipste die Taschenlampe aus.

Angeber, dachte Trudy, als Oscar über die Taschenlampe blies, als wäre sie ein Revolver, aus dem er soeben eine Kugel abgefeuert hätte, bevor er sie wieder in die Hosentasche steckte.

»Nun? Wird's bald?«, fragte Joe ungeduldig.

»Niemals!«, rief Marlene und stellte sich schützend vor Trudy. »Ihr müsst sie euch schon holen.«

Eine tolle Idee, Marlene, dachte Trudy und befürchtete schon das Schlimmste, als die Jungs anfingen, laut zu lachen.

»Hab ich's doch gewusst!«, brüllte Oscar und klopfte sich auf die Oberschenkel. »Ihr seid echt nicht die Schlausten, was?«

Und als Trudy und Marlene die beiden nur fragend ansehen konnten, fügte er hinzu: *»Ich denke, es macht Sinn, in den alten Jahrbüchern nachzusehen, wer zu der Zeit, als die Karte gezeichnet wurde, hier in der Academy wohnte.«* Oscar sprang mit einem Satz von den Treppenstufen hinab. »Ehrlich, Kleine«, er stellte sich direkt hinter Trudy und raunte ihr ins Ohr: »Du solltest besser aufpassen, was du sagst und vor allem, wie laut du es sagst.«

Ein zweites Mal spürte Trudy die Röte in ihre Wangen schießen, doch dieses Mal war sie ausschließlich wütend auf sich selbst. Wie hatte sie so unvorsichtig sein können?

»Da das nun geklärt wäre«, meinte Joe und ließ sich auf die Bank vor einem der Schreibpulte plumpsen, »können wir uns ja endlich an die Arbeit machen.«

»An die Arbeit?«, fragte Marlene verblüfft.

»Muss ich euch etwa daran erinnern, dass da draußen ein Serieneinbrecher sein Unwesen treibt?«, fragte Oscar.

»Und ihr glaubt im Ernst, dass wir mit euch zusammenarbeiten?« Trudy schüttelte entsetzt den Kopf. »Niemals!«

»Ich fürchte, ihr habt keine andere Wahl«, sagte Oscar mit Bedauern in der Stimme. Natürlich bedauerte er es nicht wirklich, was man an dem belustigten Funkeln in seinen Augen sofort erkennen konnte.

Trudy überlegte. Überlegte und überlegte. Joe klopfte ungeduldig mit den Fingerkuppen auf das Schreibpult, Oscar baute sich mit verschränkten Armen vor Trudy auf und Marlene schüttelte die ganze Zeit den Kopf.

»Gut«, sagte Trudy plötzlich und griff unter den Pullunder, um die Karte herauszunehmen. »Ihr dürft einen Blick auf die Karte werfen. Eine Minute lang. Wir stoppen die Zeit. Keine Fotos, keine Zeichnungen. Danach verstecke ich sie wieder an genau dieser Stelle.« Sie klopfte auf ihren Bauch. »Sollte sich einer von euch nicht an die Regel halten, wird Marlene ihre Mutter anrufen, und die wird sich bestimmt wundern, wenn sie euch zwei hier entdeckt. Zugang verschafft mit einer geklauten Karte. Tse.«

Oscar und Joseph sahen sich einen Moment lang unschlüssig an, dann nickten sie. »Einverstanden«, sagte Oscar. »Dann lass mal sehen.«

Marlene hielt in der einen Hand das Handy und in der anderen ihre Armbanduhr, auf der sie nun die Zeit stoppte. Als Trudy die Karte aufklappte, rief sie: »Die Minute läuft!«

Eine Minute ist viel zu lang, dachte Trudy, als die

beiden Jungs die Karte betrachteten. Es sah so aus, als würden sie die Zeichnungen in Gedanken fotografieren.

»Und … stopp!«, kommandierte Marlene, und Trudy faltete die Karte schnell zusammen. Nachdem sie das alte Papier wieder unter ihrem Pullunder festgesteckt hatte, nickte sie den beiden Jungs zu. »Das war's dann wohl«, sagte sie und wollte mit Marlene verschwinden, als sie sich von Oscar am Arm gepackt fühlte.

»Nicht so eilig«, zischte dieser. »Zuerst sagt ihr uns noch, was das Geheimnis der Eulen auf der Karte ist.«

Ein Orden und der Ruf der Eule

Es gab eine Eigenschaft an Trudy, auf die war sie stolz. Aber noch nie in ihrem zwölfjährigen Leben war sie glücklicher als heute, mit jenem Charakterzug gesegnet zu sein. Trudy verstand sich bestens darauf, ihre Gefühle zu verbergen. In diesem Fall deutete nichts, kein einziger zusätzlicher Wimpernschlag darauf hin, dass sie überrascht war. Überrascht? Sie war erschüttert. Wie konnte es möglich sein, dass Oscar in einer Minute auf der Karte all das entdeckte, wofür sie und Marlene Tage gebraucht hatten?

»Wenn du meinst, Eulen auf der Karte gesehen zu haben, dann mach dich gefälligst selbst auf die Suche«, sagte Trudy und nickte Marlene zu, was so viel heißen sollte wie: Machen wir uns endlich an die Arbeit.

»Ja«, bekräftigte Marlene Trudys Worte. »Ihr tut doch so oberschlau. Da werdet ihr doch nicht auf die Hilfe von zwei unterbelichteten Mädchen angewiesen sein.«

Das saß. Welcher Junge wollte sich schon so etwas nachsagen lassen? Oscar und Joe stellten keine weiteren Fragen, ließen die Mädchen jedoch nicht aus den

Augen, während sie scheinbar völlig cool und wissend damit begannen, alte Verzeichnisse und Kataloge durchzuforsten.

Trudy hielt ihre linke Hand fest auf den Bauch gedrückt, um sicherzugehen, dass sie die Karte auch nicht verlor.

»Wo fangen wir an?«, fragte Marlene.

»Die Karte ist vor dreiunddreißig Jahren gezeichnet worden«, wisperte Trudy und deutete auf ein Regal im Süden der Bibliothek. Dort standen reihenweise in dunkelgrünes Leder eingebundene Bücher. Sie trugen das Siegel der Sherlock-Holmes-Academy in den Buchrücken eingeprägt und darüber standen Jahreszahlen in römischen Zeichen. »Verdammt, Marlene. Wie war das noch mit den römischen Jahreszahlen?« Trudy ärgerte sich, dass sie die Bedeutung schon wieder vergessen hatte. Sie konnte sich doch sonst so viel merken.

»Das M steht auf jeden Fall für tausend. Also ist dieses Jahrbuch hier aus dem Schuljahr 2000.« Marlene tippte auf einen Buchrücken, auf dem zwei M eingeprägt waren.

»Vorsicht.« Trudy zog Marlene schnell ein wenig zur Seite, denn Oscar und Joe kamen herübergeschlendert, um zu sehen, wonach sie suchten.

Marlene rechnete, zählte leise und schnappte sich dann das Jahrbuch mit der Buchstabenkombination

MCMLXXXI. Oscar und Joseph schauten ihr interessiert dabei zu und überprüften dann die Buchreihe.

Marlene sah Trudy entschuldigend an. »Das war wohl ein Fehler?«

»Kein bisschen, Marlene«, beruhigte Trudy sie. »Es kommt jetzt nur noch darauf an, schneller als die zwei zu sein.«

Sie verzogen sich mit dem Jahrbuch an ein Pult im Westen.

»Wonach suchen wir eigentlich genau?«, fragte Marlene, als sie das Buch aufschlugen.

»Lass mal sehen.« Trudys Finger fuhr die Übersicht entlang und stoppte ziemlich am Ende des Inhaltsverzeichnisses. »Hier: Schülerliste, Seite 242.«

Während Marlene weiterblätterte bis zu jener Seite 242, blickte Trudy über die Schulter zu den Jungs hinüber. Sie durchsuchten gerade das nächste Jahrbuch der Reihe. Respekt, dachte Trudy. Das machte Sinn, denn die meisten Schüler aus dieser Liste waren ja auch im nächsten Schuljahr noch an der Academy gewesen und daher auch im nächsten Jahrbuch vertreten.

»Hier!« Marlene hatte begonnen, die Namen durchzulesen. Beim Buchstaben K stoppte ihr Finger das erste Mal. »Korn, Isolde, Jahrgangsstufe 6. Isolde? Isolde Korn?«, flüsterte sie ungläubig.

»Überrascht dich das?«, fragte Trudy mit hochgezogenen Augenbrauen. »Sie ist in den Fall verstrickt, jede Wette. Erinnerst du dich nicht an Isolde Korns merkwürdigen Ausflug durchs Moor und zu den 13 Birken?«

»Hmm«, machte Marlene nur.

Sie lasen sich durch die lange Liste, bis Marlenes Finger ein zweites Mal stoppte. »Taff, Edgar. Ist das dein Vater?«, fragte sie.

»Lass mal sehen.« Trudy beugte sich neugierig über das Buch. »Ja, aber sieh mal: Jahrgangsstufe 1, er war viel zu jung. Das darunter ist schon deutlich spannender.« Ihr Finger ruhte unter dem zweiten Namen, der mit Taff begann: Taff, Rita, Jahrgangsstufe 6.

»Aber das heißt ja, dass Rita und Isolde …«, flüsterte Marlene aufgeregt.

»Exakt. Das bedeutet es. Sie waren in einer Klasse.«

»Na?«, fragte Oscar plötzlich und erschrak die Freundinnen zu Tode, als seine Hände auf ihre Schultern hinabsausten. »Haben wir was herausgefunden?«

»Nichts, das wir nicht schon vorher wussten«, sagte Trudy, klappte das Jahrbuch zu und brachte es hocherhobenen Hauptes zurück zum Regal. Ohne die Jungs auch nur eines weiteren Blickes zu würdigen, schritt sie an ihnen vorbei und ging zur Treppe.

»Trudy? Wo willst du denn hin?«, rief Marlene ihr hinterher. »Ich dachte, wir wollten hier recherchieren.«

»Vielleicht später, Marlene. Nicht, solange wir hier

Zuschauer haben«, antwortete Trudy und hoffte inständig, dass Marlene keine weiteren Fragen hatte.

Und zum Glück kam Marlene hinterher. »Du hast was herausgefunden, stimmt's?«, flüsterte sie, als sie die erste Empore erreicht hatten und von oben den verblüfften Jungs zusahen, wie sie in dem Jahrbuch mit den Zeichen MCMLXXXI blätterten.

Trudy strich mal wieder ihr Haar fest hinter die Ohren, und das hieß inzwischen für Marlene: Ich hab da so einen Verdacht.

Als sie die Sherlock-Holmes-Bibliothek verließen, saßen die Jungs immer noch über das Jahrbuch gebeugt da und recherchierten.

»Du hast doch nicht nur geblufft?«, fragte Marlene ängstlich, als sie die Treppe zur Außentür hinabstiegen.

»Nein, ich hab tatsächlich einen Riecher, Marlene«, antwortete Trudy leise. Nie wieder würde sie an unübersichtlichen Stellen laut reden. Nicht, wenn es nicht für alle Ohren bestimmt war.

Trudy eilte zurück in den Wohntrakt des Internats und geradewegs in ihr Zimmer. Sie öffnete den Kleiderschrank, hielt dann jedoch inne und schien kurz zu überlegen. Schnell drehte sie sich um und holte ihre Taschenlampe aus der Schreibtischschublade. »Es kann etwas dauern, Marlene.«

»Hmhm«, machte Marlene und nickte. Sie lag auf Trudys Bett und studierte noch einmal gründlich die Karte.

Trudy öffnete die Klappe zum Geheimgang und stieg die Strickleiter hinab. Sie wusste nicht, wonach sie suchte, sie hatte nur eine Ahnung. Es war noch nicht mal ein richtiges Kitzeln in der Nasenspitze. Dennoch: Sie klopfte Stein für Stein der alten Mauer ab und leuchtete mit der Taschenlampe in jede Ritze. Alter Zement rieselte hinunter auf die Luke zu Marlenes Kleiderschrank. Trudy musste bei dem Gedanken daran grinsen, wie Marlene sich für den ganzen Staub bedanken würde, der beim nächsten Öffnen der Klappe in ihren Schrank segeln würde.

Sie hatte sich bis unten vorgearbeitet und nichts gefunden. Enttäuscht kletterte sie zurück in ihr Zimmer.

»Das gibt's doch nicht«, flüsterte Trudy kopfschüttelnd, als sie schließlich in ihrem Kleiderschrank angekommen war.

»Was hast du denn gesucht?«, fragte Marlene und ließ sich mit mitleidigem Blick vor dem Schrank auf dem Fußboden nieder.

»Irgendetwas, das meinen Verdacht bestätigt«, meinte Trudy seufzend.

»Du hast einen Verdacht?«, fragte Marlene und rutschte ein bisschen näher.

»Ich hatte einen Verdacht«, verbesserte Trudy sie und kroch aus dem Schrank.

Eine halbe Stunde später geschah, was Trudy schon erwartet hatte. Marlene öffnete von unten die Luke in ihrem Kleiderschrank und stand in einem feinen Zementregen. »Truuudyyyyy!«, schimpfte sie und fluchte.

Trudy kroch in den Schrank und rief lächelnd »Entschuldige, Marlene!« von oben hinab.

»Entschuldige, Marlene? Mehr sagst du nicht dazu?«, rief ihre Freundin entrüstet, aber sie guckte zum Glück nicht allzu böse. »Sieh dir das doch an, Trudy! Ich kann jetzt meinen ganzen Kleiderschrank putzen und obendrein noch alle Kleider waschen.«

In den nächsten Minuten war das Hantieren mit Handfeger und Kehrblech das Einzige, was Trudy von Marlene hörte. Trudy studierte wieder einmal die Karte, als ihr auffiel, dass es unten schlagartig merkwürdig still geworden war. Sie kroch in den Schrank und flüsterte: »Marlene? Alles klar?«

Nichts. Keine Antwort.

»Marlene?«, raunte Trudy etwas lauter.

Plötzlich erschien Marlene unten im Geheimgang und winkte Trudy triumphierend zu. Sie hielt etwas Glänzendes in die Höhe. »Ich weiß ja nicht, wonach du gesucht hast, aber den Schatz hier hab ich gefunden!«

»Hab ich es mir doch gedacht«, flüsterte Trudy erleichtert, als sie die alte Münze genauer untersucht hatte.

»Was hast du dir gedacht?«, fragte Marlene ihre Freundin ungeduldig.

»Hier, sieh selbst.« Trudy reichte ihr die Münze und ihre Lupe.

»Hmm«, machte Marlene. »Ich denke, es handelt sich um irgendeine eine alte Münze oder …«

»Nein, Marlene!«, unterbrach Trudy ihre Freundin. »Es handelt sich um viel mehr als eine olle alte Münze! Schau, dort auf der Münze ist ein altes Wappen geprägt worden und darüber steht in lateinischer Schrift *Der Orden der Schwarzen Eule.*«

»Der Orden der Schwarzen Eule?«, fragte Marlene atemlos.

»Ja. Ich dachte mir so was schon länger. Die rätselhafte Karte, die seltsame Eulen-Markierung an den Birken – das schreit alles nach geheimen Verstecken oder Quartieren. Hier, sieh mal auf der Karte«, forderte Trudy sie auf. »Diese Eule an den dreizehn Birken oder die am Moosbeerhaus sehen exakt so aus wie diese Eule.« Sie tippte auf die Münze. »Verstehst du, was das bedeutet?«, fragte sie ungeduldig.

»Hmm, nein, irgendwie nicht so ganz«, gab Marlene zu.

»Das könnte heißen, dass diese Eulen hier auf der

Karte Standorte des Ordens der Schwarzen Eule anzeigen«, sagte Trudy leise in die Dämmerung hinein.

Marlene lief zum Schreibtisch und knipste ihre Leselampe an. Sie verglich die Eule auf der Münze mit den Eulen auf der Karte. »Tatsächlich, du könntest recht haben«, flüsterte sie aufgeregt.

»Ich habe recht!« Trudy wurde sich immer sicherer, dass ihre Theorie stimmen musste. »Und die Eulen auf der Karte könnten bedeuten, dass diese Plätze entweder Treffpunkte oder Aufenthaltsorte für die Mitglieder der *Schwarzen Eule* waren.«

»Treffpunkte oder Aufenthaltsorte?« Marlene sah Trudy verständnislos an.

»Ist doch ganz einfach!« Trudy musste lächeln, als sie Marlenes irritierten Gesichtsausdruck sah. »Hier bei den dreizehn Birken, mitten im Moor, kann kein Ordensmitglied wohnen, hier war ein Treffpunkt der Schwarzen Eule.«

»Und hier an der Grim-Hollows-Grotte ebenso.« Marlene tippte auf die kleine Eule an der Grotte am nahe gelegenen Meer.

Trudy nickte. Dann zeigte sie auf die beiden Fenster im Westturm der Sherlock-Holmes-Academy. »Hier war mit Sicherheit kein Treffpunkt, was bedeutet …«

»... dass hier Mitglieder des Ordens gewohnt haben?«, fragte Marlene und sah Trudy ahnungsvoll an.

»In meinem Zimmer und hier …«, ihr Finger lag auf dem Fenster zu Trudys Zimmer, »… bei dir, Trudy.«

»Genau.« Trudy nickte Marlene anerkennend zu. »Und nun rate mal, wer in diesen beiden Zimmern gewohnt hat.«

Marlene dachte nach. »Du glaubst, dass …«

»Ja, ich glaube, dass Isolde Korn und Tante Rita hier gewohnt haben. Und das wiederum bedeutet, dass die zwei Mitglieder im Orden der Schwarzen Eule waren.«

Trudy und Marlene sahen sich lange schweigend an. Sie waren dem Geheimnis auf der Spur, das fühlten sie. Irgendwann sagte Marlene: »Wofür stehen wohl die anderen drei Eulen?« Sie zeigte dabei auf die beiden Eulen, die auf dem Hinweisschild zur I.O.S. eingezeichnet waren, und auf die Eule am Moosbeerhaus.

»Das kann entweder bedeuten, in der I.O.S. und im Moosbeerhaus wohnten ebenfalls Ordensmitglieder, oder dort waren auch geheime Treffpunkte. Wenn du mich fragst: Es klingt beides ziemlich spannend.« Trudy spürte ein so heftiges Kribbeln in der Nasenspitze, dass sie sogar niesen musste.

»Wie kriegen wir heraus, wie viele Mitglieder der Orden hatte? Ich meine, wir können ja wohl schlecht Isolde Korn oder Tante Rita fragen«, meinte Marlene.

»Auf gar keinen Fall!« Trudy musste bei der Vorstellung grinsen. »Es bleibt uns wohl nichts anderes übrig, als uns auf den Weg zur I.O.S. zu machen«, sagte sie seufzend, aber das Funkeln in ihren Augen verriet Marlene, dass Trudy nichts lieber tat als das.

Zehn Minuten später verließen sie die Sherlock-Holmes-Academy. Es hatte zu regnen begonnen. Ein feiner Niesel legte sich wie klebrige Zuckerwatte auf ihre Gesichter. Trudy und Marlene huschten gerade in den Fahrradraum hinter den Hundezwingern, als Trudy es wieder hörte.

Uuiiiieeeh, uuiiiieeeh.

»Da!«, rief sie. »Da war es wieder.«

»Was meinst du?«, fragte Marlene, die gerade die Luft in ihrem Vorderreifen überprüfte.

»Der Vogelschrei, hast du ihn nicht gehört?«, fragte Trudy ungeduldig.

»Doch, das war eine Eule. Die hört man hier oft in der Nacht.« Marlene richtete sich alarmiert auf. »Moment mal!«

»Eben«, flüsterte Trudy und sah sich vorsichtig um. Nicht, dass sie wieder belauscht wurden. »Ein Eulenruf am Nachmittag? Marlene, da ist was faul.«

Sie schoben ihre Fahrräder aus dem Schuppen, blickten sich vorsichtig um und – wurden Zeuge von gleich zwei höchst merkwürdigen Ereignissen.

Vor dem Schlossportal kurbelte jemand die Scheibe

an einem kleinen dunkelgrünen Kastenwagen hoch und fuhr mit aufheulendem Motor davon.

»Stand der vor drei Minuten auch schon da?«, fragte Marlene verblüfft.

»Nein, der muss gekommen sein, als wir im Fahrradschuppen waren.« Trudy kratzte sich verwundert am Kopf. »Guck mal!«, flüsterte sie plötzlich und deutete zum Schlossportal. Isolde Korn stand auf der obersten Stufe und öffnete umständlich einen grün-grau karierten Regenschirm. Dann nahm sie ihren Dackel Dona an die Leine und hastete los, als wäre jemand hinter ihr her.

»Wo will die denn bloß hin bei dem Wetter?«, fragte Marlene.

»Ich könnte wetten, ich weiß es«, sagte Trudy geheimnisvoll und schwang sich aufs Fahrrad.

»Hey, warte auf mich!«, schimpfte Marlene und trat schnell in die Pedale, um Trudy folgen zu können.

Trudy flitzte die lang gezogene Schlosszufahrt Richtung Landstraße entlang. Isolde Korn, die vor ihr ins Wollmoor hineineilte, ließ sie dabei nicht aus den Augen. Es würde nicht einfach werden, der Lehrerin auf der gut einsehbaren Straße durchs Moor zu folgen. Und wer wusste, wie lange Isolde Korn noch dem Pfad folgen würde, der in der Nähe der Straße verlief? Doch vorerst sah Frau Korn zum Glück weder nach rechts noch nach links. Sie hielt den Schirm tief vor das Gesicht und watete mit weit ausholenden Schritten durch die sumpfigen Wiesen.

An der Landstraße bog Trudy nach links ab Richtung Dreizehn Birken.

»Wo fährst du denn überhaupt hin? Ich dachte, wir wollen zur I.O.S.« Marlene hatte alle Mühe, mit der rasenden Trudy mitzukommen.

»Mensch, Marlene. Was sollen wir in der I.O.S., wenn wir in wenigen Minuten alle Mitglieder des *Ordens der Schwarzen Eule* versammelt präsentiert bekommen?«, fragte Trudy nach hinten und ärgerte sich über den zunehmenden Regen, der ihr, vom aufkommenden Wind angepeitscht, das lange Haar in Strähnen ins Gesicht klebte.

Schon von Weitem sahen sie Tante Ritas Mini am Straßenrand nahe der Birken stehen. Dahinter parkte der grüne Kastenwagen, den sie soeben noch am Schloss beobachtet hatten. Sie trauten sich noch ein klein wenig näher heran, dann schlossen sie ihre Fahrräder, von hohem Sumpfgras verborgen, an eine junge Birke, um sich zu Fuß auf die letzten Meter zu machen.

Der schmale Fußweg links neben der Landstraße lag sehr niedrig und hinter Sumpf- und Wollgras versteckt, sodass Trudy und Marlene sich zügig den dreizehn

Birken nähern konnten. Marlene hüpfte mit einem ständigen und leisen »Iiih« auf den Lippen über die Massen an Nacktschnecken, die ihnen kreuz und quer vor die Füße krochen.

»Wo bleibt Isolde denn?«, vernahmen sie plötzlich ziemlich klar und deutlich eine Männerstimme.

Trudy nickte mit dem Kopf zu den Birken hinüber, die wenige Meter vor ihnen aufragten. Sie pirschten sich durch das hohe Gras und versuchten, irgendetwas zu erkennen. Aber je weiter sie sich ins Schilfgras vorwagten, desto tiefer sanken ihre Füße in den morastigen Boden ein.

»Lass uns lieber hier lauschen«, meinte Marlene ängstlich.

Marlene hatte recht. Zwischen den hohen Schilfgräsern waren sie gut geschützt und konnten gleichzeitig die Personen bei den Birken belauschen. Und sie hatten einen ausgezeichneten Blick auf die Straße und damit auf die drei Fahrzeuge, die dort abgestellt waren: Tante Ritas Mini, der dunkelgrüne Kastenwagen und eine alte Vespa. So würden die Freundinnen auch mitbekommen, wenn sich die Gruppe wieder auflöste.

»Da kommt sie«, sagte Tante Rita, und Trudy und Marlene nickten sich wissend zu. Klar, dass sie Isolde Korn meinte.

»Isolde, du nimmst also immer noch den Weg zu

Fuß?«, fragte eine weitere Männerstimme, von der Trudy meinte, sie schon einmal gehört zu haben.

»Wie auch immer«, antwortete Isolde Korn außer Atem. »Da bin ich.«

»Ich habe den Orden einberufen, weil wir reden müssen«, sagte die Männerstimme.

»Es sind vier«, wisperte Trudy Marlene ins Ohr und zückte ihren Notizblock. Sie unterteilte die Seite in vier Felder und notierte in die beiden oberen Kästchen *Isolde* und *Rita*. Ins dritte und vierte malte sie ein Fragezeichen.

»In der Tat, das müssen wir!«, sagte Tante Rita mit Nachdruck. »Vor dreiunddreißig Jahren haben wir fünf an dieser Stelle den Orden gegründet. Vor dreißig Jahren haben wir vier uns hier ein Versprechen gegeben. Und vor wenigen Tagen mussten wir erfahren, dass einer von uns ein Verräter ist.« Die letzten Worte spuckte sie fast aus, so als schmeckten sie wie bittere Medizin.

»Wie kannst du so was sagen, Rita?«, fragte Isolde Korn, und es klang ehrlich betroffen.

»Ganz einfach«, sagte Rita. »Erinnert ihr euch, als ich vor dreißig Jahren das Moosbeerhaus von unserer alten Direktorin erbte?«

»Daran musst du uns nicht erinnern«, meinte Isolde Korn und sie klang dabei fast ein wenig eingeschnappt. »Bist eben immer ihre Lieblingsschülerin gewesen.«

»Über Lieblinge müssen wir zwei uns hier wohl nicht unterhalten«, erwiderte Rita scharf, und Marlene sah Trudy erschrocken an.

Auch Trudy guckte entsetzt. Aber aus einem ganz anderen Grund. Ihr dämmerte nämlich, dass Isolde Korn die besagte Freundin von damals war, jene Freundin, die schuld an Tante Ritas unglücklicher Jugendliebe war.

»Frau Adams wollte eben, dass wir auch weiterhin ermitteln und unser Orden nicht auseinanderbricht, nur weil ein Mitglied fehlte«, erklärte Rita weiter. »Wie auch immer! Habe ich das Moosbeerhaus nicht all die Jahre auch weiterhin dem Orden zur Verfügung gestellt?«

Das Schweigen daraufhin ließ Trudy vermuten, dass die anderen drei nickten.

»Und als wir bei der Renovierung diese … diese Kostbarkeiten fanden und Angst hatten, damit an die Öffentlichkeit zu gehen, in der Sorge, dass irgendwelche Verbrecher sie geklaut und hier versteckt hatten, um sie sich dann – notfalls mit Gewalt – zurückzuholen? Oder dass irgendwelche Verwandten auftauchen und mir das Eigentum daran streitig machen könnten, was habe ich da getan? Na?«

»Du hast uns hier, genau hier versprochen, diese Kostbarkeiten mit uns zu teilen, wenn wir nur dichthalten«, sagte Isolde Korn mit zittriger Stimme. Weinte sie etwa?

»Wann wollten wir sie teilen?«, bohrte Rita weiter.

»Nach dreißig Jahren, falls sich bis dahin kein rechtmäßiger Besitzer gemeldet haben sollte. Ja, ja. Hör mal, Rita, es ist nicht nötig, uns an all das zu erinnern!«, rief einer der Männer.

»Oh doch!«, polterte Rita. »Und wisst ihr auch warum? Die dreißig Jahre waren vor genau fünf Tagen abgelaufen, und seitdem ich an jenem Tag festgestellt habe, dass unsere Schätze gestohlen wurden, begannen die Einbrüche.«

»Du sagst es«, zischte die andere Männerstimme. »Und es ist doch höchst seltsam, dass bei jedem von uns eingebrochen wurde, nur bei *dir* nicht.«

»Das … hätte … ich … nicht … von … dir … gedacht!«, schrie Tante Rita jedes einzelne Wort. Dabei wurde ihre Stimme immer leiser und leiser, was Trudy vermuten ließ, dass sie beleidigt davonstapfte.

Trudy spähte zum Mini hinüber, und tatsächlich: Tante Rita war dabei, den Wagen aufzuschließen und wegzufahren. »Ihr lasst mir keine andere Wahl, als eine Anzeige zu machen«, schimpfte sie.

Sie schien einige Mühe zu haben, die Fassung nicht zu verlieren, und es dauerte, bis sie die Fahrertür endlich aufgeschlossen und Bosco hatte einsteigen lassen.

Der Hut rutschte ihr gefährlich tief vor die Augen, als sie sich auf den Sitz schwang. Sie ließ den Motor aufheulen und machte eine Kehrtwende Richtung Moosbeerhaus.

Trudy und Marlene sahen sich betroffen an. Doch es blieb ihnen kaum Zeit zum Luftholen, denn nun sahen sie zum ersten Mal die beiden ihnen noch unbekannten Mitglieder im Orden der Schwarzen Eule.

Die Nadel im Heuhaufen

Trudy und Marlene hockten noch eine Weile im Schilfgras, bis sie sicher waren, dass sie unbemerkt zu ihren Fahrrädern zurückgehen konnten. Der Regen zog inzwischen fast waagerecht über das Moor und klatschte in Böen auf die Straße. Heulend zerrte der Wind an den Bäumen.

»Herr Caroll und Herr Martins also«, sagte Trudy nachdenklich, während sie ihre Fahrräder aus dem Graben zogen.

»Ich möchte ja zu gerne wissen, wer die fünfte Person im Orden war und was für einen Schatz die *Schwarze Eule* im Moosbeerhaus damals gefunden hat«, meinte Marlene.

»Wer die fünfte Person war, ist klar«, überlegte Trudy laut. »Das muss die alte Direktorin gewesen sein, Frau Adams. Aber warum hat sie mit den Schülern diesen Orden gegründet? Was hatte die *Schwarze Eule* für einen Auftrag? Und was hat sie für Tante Rita so Geheimnisvolles im Moosbeerhaus versteckt?«

»Wir sollten sie besuchen, meinst du nicht auch?«, fragte Marlene.

»Ja-a-a.« Trudy zögerte. »Aber nicht mehr heute. Morgen früh, nach dem Frühstück.«

Am Sonntagmorgen regnete es noch immer. Trudy sah gerade den Regentropfen dabei zu, wie sie an der Scheibe hinabliefen, als Victor sich zu ihnen an den Tisch stellte und sagte: »Fräulein Taff, Frau Korn wünscht Sie zu sprechen.«

Marlene hätte sich beinahe am Müsli verschluckt. So offiziell hatte sie Victor noch nie mit einem Schüler sprechen gehört. »Wenn sie dich rauswerfen, gehe ich auch«, flüsterte sie Trudy noch schnell zu.

Victor begleitete Trudy bis zu Isolde Korns Bürotür. Er hob seine rechte Hand, die wie immer in einem weißen Handschuh steckte, und klopfte dreimal an die Tür.

»Herein!«, rief Isolde gedämpft, was aber nicht an der dicken Holztür lag, sondern an der Tatsache, dass sie kopfüber unter dem Schreibtisch mit Dona redete.

»Ah, Trudy«, sagte Isolde Korn, als diese den Raum betrat, und deutete auf den Stuhl vor ihrem Schreibtisch. Trudy setzte sich und Victor verließ das Büro.

»Trudy, es tut mir herzlich leid, aber ich muss dir etwas Trauriges mitteilen, bevor du es von den anderen erfährst.« Isolde Korn machte ein bedrücktes Gesicht und knipste ihren Kugelschreiber auf und zu. Auf und zu.

»Ist was mit meinen Eltern?«, fragte Trudy und sie fühlte, wie sich ein riesiger Angstballon in ihrem Bauch aufblies.

»Nein, Trudy. Es ist etwas mit deiner Tante Rita«, sagte Isolde und stand auf. Sie stellte sich ans Fenster und sah hinaus in den wolkenverhangenen Himmel. »Trostlos«, flüsterte sie. Weit hinten sah man die Steilküste und das wild tosende Meer, das sich an den Felswänden brach. Isolde drehte sich zu Trudy um und lehnte sich an die Fensterbank. »In der vergangenen Nacht ist im Moosbeerhaus eingebrochen worden.«

»Bei Tante Rita?«, fragte Trudy entsetzt und sprang auf.

»Ja, Trudy«, bestätigte Isolde. »Das Problem ist aber nicht der Einbruch, sondern dass deine Tante Rita zu der Zeit des Einbruchs zu Hause war.«

»Es ist doch alles in Ordnung mit ihr?« Trudy bekam es mit der Angst zu tun.

»Das weiß man nicht so genau. Leider«, sagte Isolde Korn schulterzuckend.

»Was soll das heißen? Geht es ihr gut oder schlecht? Ist sie verletzt? Hat sie sich etwa gewehrt?« Trudy schossen tausend Fragen auf einmal durch den Kopf.

»Davon ist auszugehen, sonst hätte man sie wohl nicht entführt.« Isolde Korns Gesicht sah ziemlich bedrückt aus und sie drehte sich wieder zum Fenster um.

»Tante Rita wurde entführt?«, rief Trudy ungläubig. »Wann?«

»Gegen 21:30 Uhr gestern Abend. Aber pssst, Kind«,

warnte Frau Korn. »Das soll so lange wie möglich geheim bleiben. So ist es auch mit der Kripo besprochen.«

»Verstehe«, sagte Trudy. »Gibt es denn schon eine Lösegeldforderung?«

Isolde Korn schüttelte den Kopf. »Nein, die gibt es noch nicht.«

»Aber ein Lebenszeichen. Es gibt doch ein Lebenszeichen von Tante Rita?«

»Bedaure. Nein.«

Eine Stunde später lief Trudy immer noch wie ein Tiger im Zookäfig in ihrem Zimmer auf und ab. »Ich lasse dich umgehend wissen, wenn es Neuigkeiten gibt«, hatte Isolde Korn ihr zum Abschied gesagt und sie auf ihr Zimmer geschickt. Und damit Trudy mit niemandem reden konnte, hatte sie Victor beauftragt, sicherzustellen, dass kein Schüler Trudy dort besuchte. »Das ist zu deinem eigenen Schutz. Wer weiß, worauf der Entführer es wirklich abgesehen hat«, hatte die Schulleiterin erklärt und an Victor gewandt hinzugefügt: »Es genügt nicht, vor der Tür Wache zu schieben. Sie stellen in regelmäßigen Abständen sicher, dass Fräulein Taff auch noch tatsächlich in ihrem Zimmer ist.«

»Wie lange willst du eigentlich noch warten? Wir können der Kripo doch nicht einfach den Fall überlassen!«, unterbrach Marlene Trudys düstere Gedanken.

Sie war über die Strickleiter ins Trudys Schrank hochgeklettert. »Und findest du nicht auch, dass wir den Jungs von der I.O.S. inzwischen mehr als genug Zeit geschenkt haben?«

»Victor kommt alle zehn Minuten, das heißt in anderthalb Minuten das nächste Mal. Meinst du, zehn Minuten Vorsprung reichen uns?«, fragte Trudy skeptisch.

Marlene nickte. »Ein Versuch ist es wert.«

»Aber wo, Marlene? Wo fangen wir an?«, fragte Trudy verzweifelt.

Marlene kletterte vorsichtshalber schon einmal die Strickleiter hinunter und flüsterte dabei: »Das ist doch logisch, Trudy. Wir starten im Antiquitätenladen und enden im Buchshop. Mehr Möglichkeiten gibt es meiner Meinung nach nicht.«

Kurz darauf klopfte es auch schon an Trudys Zimmertür. Sie riss wie jedes Mal die Tür weit auf und rief genervt: »Ja, Victor, sieh nur, ich bin noch da!« Dann knallte sie die Tür schwungvoll wieder zu. Aber dieses Mal nicht, um weitere zehn Minuten im Zimmer auf und ab zu gehen. Dieses Mal schlüpfte sie blitzschnell durch die Bodenklappe in den Geheimgang. Während Victor noch vor Trudys Zimmer herumschlich, sausten Trudy und Marlene ein Stockwerk tiefer dem Treppenhaus und damit ihrer Freiheit entgegen.

Marlene nahm immer zwei Stufen auf einmal auf dem Weg nach unten, um mit Trudy Schritt halten zu können, die wieder einmal das Treppengeländer hinabrutschte. Um ihre Holmes-Münzen würde sie sich ein anderes Mal kümmern müssen.

Sie durchquerten ungesehen die Eingangshalle und stürmten in den Fahrradschuppen, um sich genau eine Minute und zehn Sekunden nach Beginn ihrer Flucht auf den Weg nach Cranesbill zu machen.

Der Wind hatte sich beruhigt und damit den Regen in einen feinen Sprühregen verwandelt, was das Radfahren deutlich beschleunigte. Sie bogen knapp vier Minuten nach Ausbruch aus dem Internat auf die Landstraße ab.

Der Weg nach Cranesbill zog sich allerdings wie Kaugummi und irgendwann rief Marlene mit Blick auf die Armbanduhr: »Jetzt!« Sie musste nichts erklären. Trudy wusste genau, was sie damit sagen wollte. Victor bemerkte gerade *jetzt* ihr Verschwinden.

Trudy trat noch kräftiger in die Pedale.

Marlene nutzte den Moment, als der Weg einmal den Hang hinabging und sie kurz verschnaufen konnte, um zu fragen: »Wohin fahren wir eigentlich zuerst?«

»Zu Herrn Martins!«, rief Trudy, um den Fahrtwind zu übertönen. »Er ist derjenige, der mit alten Schätzen am meisten anfangen kann.«

Marlene grinste. »Du meinst, so als Antiquitätenhändler, stimmt's?«

Trudy nickte und war froh, dass sie endlich die ersten Häuser von Cranesbill erreicht hatten. Sie dachte unentwegt an Tante Rita und fragte sich voller Sorge, wo sie wohl stecken mochte und ob es ihr gut ging.

Sie versteckten ihre Fahrräder hinter einem Haselbusch an der Mauer vor dem Antiquitätenladen. Ein Schild auf dem Gehweg wies darauf hin, dass man auch am Sonntag in der umfunktionierten Scheune und zwischen all den Antiquitäten stöbern konnte.

Trudy und Marlene schlenderten zwischen den Antiquitäten entlang und taten sehr interessiert. Herr Martins saß hinter dem Verkaufstisch und las in der Sonntagsausgabe der *Cranesbill News*. Ab und zu spickte er über den Rand seiner Zeitung, machte aber keine Anstalten aufzustehen.

Nach einer Weile deutete Trudy Marlene an, dass sie mit Herrn Martins sprechen wolle. »Du guckst solange ins Büro«, flüsterte Trudy ihr zu und deutete auf die kleine Tür. Marlene nickte.

»Ähm, ähm«, machte Trudy, als sie vor dem Verkaufstisch stand und Herr Martins noch immer in seine Zeitung vertieft war.

»Mmh«, brummelte er abwesend und faltete die Zeitung unwillig zusammen.

»Ich bin auf der Suche nach einem ganz besonderen Geschenk für meine Tante«, begann Trudy und nickte Marlene beinahe unmerklich zu. »Diese Tante liebt Kriminalfälle und Detektive und so. Ich dachte, vielleicht finde ich bei Ihnen genau das richtige Geschenk, um mich bei ihr für die Gastfreundschaft an den freien Wochenenden zu bedanken. Sie müssen nämlich wissen, ich gehe auf die Sherlock-Holmes-Academy und meine Tante nimmt mich an den freien Wochenenden bei sich auf …« Trudy stoppte erst ihren Redefluss, als Marlene ihr mit einem Handzeichen zu verstehen gab, dass sie alles Wichtige gesehen hatte.

»Tut mir leid, Mädchen«, sagte Herr Martins und es klang ehrlich. »Aber ich fürchte, so etwas findest du hier nicht. Bei mir gibt es nur alte Möbel und so. Ich fürchte, da ist nichts für deinen Geldbeutel dabei. Aber vielleicht versuchst du es mal drüben bei meinem Freund Herrn Caroll. Der besitzt neben seinem Buchshop auch ein kleines, aber feines Antiquariat. Vielleicht hat er ja etwas für dich. Ein Buch aus der Kindheit deiner Tante zum Beispiel? Wie alt ist denn deine Tante?«

»Oh, ich schätze, so etwa 48«, sagte Trudy und überlegte sich die nächsten Worte ganz genau. »Sie wohnt hier in der Nähe. Im Moosbeerhaus. Vielleicht kennen Sie sie? Rita Taff ist ihr Name.«

Herr Martins faltete die Zeitung fein säuberlich zusammen und sagte dabei: »Ja, natürlich kenne ich Rita Taff. Sie ist sogar eine alte und sehr gute Freundin von mir.«

Entweder Herr Martins war ein ausgezeichneter Schauspieler oder er war tatsächlich ahnungslos. Jedenfalls deutete nichts, kein Zucken im Gesicht, kein hektischer Blick darauf hin, dass er nervös wurde.

»Echt?«, bohrte Trudy weiter. »Woher kennen Sie meine Tante? Waren Sie auch auf der Sherlock-Holmes-Academy?«

»Nein, ich war auf der I.O.S.« Herr Martins zwinkerte Trudy zu. »Böse Zungen würden nun behaupten: Ich war auf einer richtigen Spionageschule. Aber ich schätze Rita sehr und auch die Direktorin der Sherlock-Holmes-Academy.«

»Ach.« Trudy tat überrascht. »Sie sehen sich also häufiger?«

»Exakt«, meinte Herr Martins und ging freundlich lächelnd zur Ladentür, um ein älteres Ehepaar zu begrüßen.

»Von Tante Rita keine Spur. Und? Hast du was herausgekriegt?«, fragte Marlene flüsternd.

Trudy schüttelte bedauernd den Kopf. »Ich schätze, er hat nichts mit Ritas Verschwinden zu tun.«

»Aber wer kann es denn sonst gewesen sein?«, rief

Marlene ratlos und schlug sich schnell die Hand vor den Mund. Zu spät: Sie hatte bereits alle Blicke auf sich gezogen.

»Wir gehen dann mal zu Herrn Caroll hinüber. Der hat sicher, was wir suchen«, sagte Trudy hastig und verließ den Antiquitätenladen.

Der Buchladen war geschlossen.

»Herr Caroll ist aber da«, flüsterte Trudy und schaute durch die kleinen gewölbten Scheiben der Ladentür. Im Verkaufsraum vorne war es dunkel. Nahezu gespenstisch still schlummerten all die Bücher zu lieblosen Stapeln aufgetürmt vor den Regalen und dem Verkaufstisch.

»Was macht er denn da?«, fragte Marlene, und sie versuchten zu erkennen, was Herr Caroll im Hinterzimmer trieb.

»Sollen wir mal klopfen?«, fragte Marlene und hob schon ihre Hand.

Aber Trudy hielt sie zurück. »Ich weiß nicht, warum, Marlene, aber ich habe ein ganz merkwürdiges Gefühl dabei.«

»Was für ein Gefühl, Trudy?«, flüsterte Marlene und folgte Trudy, die vorsichtig um das Haus herumschlich.

»Weiß nicht genau. Einen Verdacht eben.« Trudy spähte auf der rückwärtigen Seite des Hauses durch eines der alten, klapprigen Fenster und – riss Marlene mit sich zu Boden, wo sie sich in Deckung begaben. »Der packt«, zischte Trudy Marlene zu.

»Wie bitte?«, fragte Marlene. »Was packt er denn?«

Trudy sah noch einmal vorsichtig zum Fenster hinein. »Der packt einen Koffer und eine kleine Ledertasche.«

»Oh nein«, flüsterte Marlene. »Auch das noch. Unsere Verdächtigen wirken unschuldig oder machen sich aus dem Staub. Deine Tante ist wirklich schwerer zu finden als eine Nadel im Heuhaufen. Und die in der Academy werden uns vermutlich schon mit einem Großaufgebot der Polizei suchen. Das läuft wohl nicht nach Plan für uns, was?«

»Also ich würde sagen, es könnte kaum besser laufen«, erklärte Trudy und strich ein paar Haarsträhnen hinter die Ohren. »Noch günstiger wäre es natürlich, wenn die zwei uns nicht gefolgt wären.« Sie deutete genervt zum Gehweg hinüber, wo zwei altbekannte Schüler von der I.O.S. jede ihrer Bewegungen mit großem Interesse verfolgten.

Grim-Hollows-Grotte

»Was hast du vor?«, fragte Marlene, als sie und Trudy zurück zu ihren Fahrrädern gingen. Sie würdigten die Jungs keines Blickes.

»Ein Eins-a-Ablenkungsmanöver«, raunte Trudy und sah noch einmal zurück. Die Jungs folgten ihnen in sicherem Abstand. »Hör zu, Marlene …«, flüsterte sie und weihte ihre Freundin in ihren Plan ein.

»Wenn das mal alles gut geht.« Marlene schüttelte besorgt den Kopf. »Ich habe Angst um dich, Trudy. Große Angst.«

»Musst du wirklich nicht haben, Marlene. Und wir haben ja unsere Handys. Hauptsache, du denkst dieses Mal daran, den Ton auszuschalten.« Trudy grinste zwar, aber wenn sie sich an die peinliche Szene in der Sherlock-Holmes-Bibliothek erinnerte, schämte sie sich noch immer.

Nun musste alles blitzschnell gehen. Sie hatten vielleicht hundertfünfzig Meter Vorsprung vor den Jungs. Trudy schnappte ihr Fahrrad und sauste hinter die Scheune des Antiquitätenladens. Einen Augenblick lang beobachtete Trudy noch Marlenes großartige Schauspielkünste.

»Nun sag nicht, dass wir den ganzen Weg zurückschieben müssen, Trudy!«, rief sie verzweifelt und beugte sich zu ihrem Vorderreifen hinunter. Die Jungs lehnten auf der anderen Seite an der Mauer und warteten. Perfekt, dachte Trudy. Sie fielen wie geplant auf den »Platten-Trick« herein und vermuteten die Mädchen beide hinter der Mauer.

Tatsächlich aber schob Trudy ihr Fahrrad um die Scheune herum und über die Straße. Dann stieg sie auf und fuhr zurück zum Buchshop.

Keine Sekunde zu früh kam sie dort an.

Die Ladentür des Buchshops öffnete sich in diesem Augenblick und Herr Caroll kam heraus. Er hatte die schmale Aktentasche dabei und verstaute sie unter dem Sitz seiner Vespa. Während er seinen Helm aufsetzte, atmete Trudy noch einmal tief durch. Sie würde kräftig in die Pedale treten müssen, wenn sie mit Herrn Caroll mithalten wollte.

Zunächst sah es gut für Trudy aus. Beinahe zu gut. Sie musste immer wieder abbremsen, um den Abstand zwischen sich und Herrn Caroll wieder zu vergrößern. Sie konnte sich keinen Fehler erlauben, schließlich ging es um Tante Ritas Leben, und sehr wahrscheinlich bekam sie nur diese eine Gelegenheit, sie zu finden.

Als sie Cranesbill hinter sich gelassen hatten, musste Trudy jedoch zunehmend gegen Wind und Wetter ankämpfen, um an dem Roller dranzubleiben. Es war schwer, sehr schwer, und mit jedem Begrenzungspfosten, den Herr Caroll passierte, wurde der Abstand zwischen ihnen größer. Er nahm die Landstraße Richtung I.O.S. Trudy hätte heulen können vor Wut über ihre schlappen Beinmuskeln und aus Angst um Tante Rita. Sie konnte in der Ferne soeben noch erkennen, dass Herr Caroll nach rechts Richtung Sherlock-Holmes-Academy abbog.

Trudy biss die Zähne zusammen. Ihre Beine spürte sie kaum noch. Sie raste um die Kurve zur Academy-Einfahrt und das Hinterrad rutschte ihr weg, gefährlich nahe an einen mit schwarzem Moorwasser gefüllten Graben heran.

Als sie endlich völlig geschafft auf den Hinterhof der Sherlock-Holmes-Academy einbog, hatte sie Herrn Caroll aus den Augen verloren.

Trudy hielt an und lauschte in den frühen Abend, in der Hoffnung, das Motorengeräusch der Vespa orten zu können. Doch das Einzige, was sie hörte, war ihr eigener rasselnder Atem und der Herzschlag, der in ihren Ohren pochte.

»Tante Rita«, jammerte sie und drückte sich dabei die rechte Hand fest auf den Rippenbogen, denn sie hatte fürchterliches Seitenstechen. »Autsch«, flüsterte sie, als irgendetwas ihr dabei in die Hand pikste. »Aber natürlich!« Trudy öffnete ihre Jacke und die Karte fiel zu Boden. »Dich hatte ich ja ganz vergessen.« Sie schnappte nach der Karte, bevor der Wind sie davontragen konnte.

»Es hat alles im Leben eine Bedeutung, auch wenn wir sie nicht gleich erkennen.« Das war Papas Lieblingsspruch und er fiel Trudy genau jetzt ein. Sie strich die Karte glatt, um nachzusehen, wohin die Straße hinter der Sherlock-Holmes-Academy führte. Und mit einem Schlag kehrte die Kraft zurück in Trudys müde Beine. Sie stopfte die Karte in die Tasche ihrer Regenjacke und sauste den Weg Richtung Steilhang hinab. »Ich komme, Rita! Ich komme. Jetzt weiß ich, wo du bist«, murmelte sie erleichtert und aufgeregt zugleich.

Von Isolde Korns Bürofenster aus hatte es den Anschein gehabt, als wäre die Steilküste und das daran anschließende Meer nur einen Katzensprung weit entfernt. Doch diese Annahme trog gewaltig, denn Trudy sauste die schmale, felsiger werdende Straße hinab, ohne ein Ende erkennen zu können. Mit jeder Minute, die verstrich, wurde ihr mulmiger zumute. Hoffentlich war sie auf dem richtigen Weg. Was, wenn sie sich geirrt hatte? Wenn Herr Caroll ein anderes Ziel hatte? Und was, wenn er überhaupt gar nichts mit Tante Ritas Verschwinden zu tun hatte?

Nach einer lang gezogenen Kurve gelangte sie auf einen sandigen Weg, der an der steil abfallenden Küste entlangführte. Das Meer toste wild und der Wind ließ es laut gegen die Felswände klatschen. Die weiße Gischt schimmerte silbern in der Abenddämmerung. Genauso wie die Vespa, die ein wenig weiter die Straße Richtung Westen runter abgestellt war.

»Hab ich es doch gewusst.« Trudy freute sich und fuhr vorsichtig näher. Dort, wo der Roller stand, führte eine kleine steinerne Treppe die Steilküste hinab.

Trudy schob ihr Fahrrad hinter einen großen Wildrosenbusch und lauschte. Doch außer dem Toben des Meeres und den sich brechenden Wellen konnte sie nichts hören. So machte sie sich vorsichtig auf den Weg die Treppe hinunter, immer auf der Hut, dass sie Herrn Caroll nur ja nicht in die Arme lief.

Die Treppe schlängelte sich nach rechts um den Felsen herum. Auf ungefähr halber Höhe mündeten die Stufen auf einer schmalen Plattform und führten ein Stückchen weiter vorn zum Meer hinab. Doch viel beeindruckender war der Eingang zu einer kleinen Höhle, die das Meer wie ein offenes Maul in den Felsen gegraben hatte. Trudy kauerte sich neben den Höhleneingang und wartete. Ihre Hoffnungen, dass sie Herrn Caroll oder Tante Rita hören würde, zerschlugen sich aber genauso wie die Wellen an den Klippen unter ihr. Immer wieder spritzte das Wasser tosend bis zu ihr hinauf und übertönte alles.

Vorsichtig tastete Trudy sich in die Grotte hinein. Es roch modrig darinnen und nahm einem im ersten Augenblick die Luft zum Atmen. Trudy presste den Ärmel ihrer Jacke vors Gesicht und lief vorsichtig weiter. Überall schien Wasser von den Wänden zu sickern und ein leises Tropfgeräusch wurde zigfach in einem Echo von den Felswänden zurückgeworfen.

»Das ist doch Unsinn, Peter.« Trudy hörte plötzlich Tante Ritas ärgerliche Stimme. Sie hätte am liebsten auf der Stelle vor Erleichterung losgeheult, aber sie unterdrückte den Drang schnell wieder.

»Nenn es, wie du willst, Rita. Es interessiert niemanden mehr.« Herr Caroll gab ein kurzes zynisches Lachen von sich. »Ich frage dich nun zum letzten Mal: Willst du es dir nicht doch noch einmal überlegen und das hier unterschreiben?«

»Da gibt es nichts zu überlegen«, sagte Tante Rita mit fester Stimme.

»Gut, Rita. Du hast es so gewollt.«

Trudy hörte, wie ein Verschluss zuschnappte. Vermutlich die Aktentasche, dachte sie.

»Du warst es, stimmt's? Du hast die Einbrüche durchgezogen, Peter«, sagte Rita.

»Ja, Rita. Das habe ich. Schließlich muss das alles hier für die anderen Ordensmitglieder wie ein Verbrechen aussehen.«

»Deshalb hast du zuerst bei dir selbst eingebrochen. Niemand hat dich verdächtigt, denn du warst ja das erste Opfer.« Tante Ritas Stimme brach ab.

»Ja, Rita.«

Trudy hörte leise Schritte näher kommen und presste sich schnell in eine Felsspalte.

»Peter? Peter, wo gehst du hin? Und was wird jetzt aus mir?«, rief Tante Rita von Panik ergriffen.

»Nun, Rita, was aus dir wird, wissen nur der Wind und das Meer. Ich hörte, sie erwarten für diese Nacht eine Springflut. Meine Wenigkeit wird dann weit, weit entfernt von Cranesbill sein. Ich dachte, es wäre der ideale Zeitpunkt, um einmal wieder meine Schwester zu besuchen. In drei Wochen bin ich zurück. Aber dann wirst du nicht mehr ...« Herr Caroll beendete den Satz nicht. Das war auch nicht nötig.

Trudy schluckte, als sie sich ausmalte, wie Tante Rita in diesem Gefängnis mit der ansteigenden Flut um ihr Leben kämpfte.

»Du willst mich hier einfach meinem Schicksal überlassen?«, fragte Tante Rita betroffen. »Ach, Peter, ich wusste schon lange, dass du nicht ehrlich bist. Aber solch eine Abscheulichkeit hätte ich dir nicht zugetraut.«

»Und das war schon immer dein Fehler, Rita. Du bist zu weichherzig. Vertrauensselig«, meinte er abfällig und spuckte aus. »Pah, das hätte mir passieren müssen. Ein Haus zu erben, dessen zugemauerter Kamin mit Goldbarren aufgefüllt ist. Nichts hätte ich davon hergegeben. Keinen einzigen Cent. Warum auch? Die Menschen sind schlecht, Rita. So was wie Freundschaft ist nur Gefühlsduselei. Vergiss es. Und der Orden? Am Anfang war es lustig. Ein Abenteuer eben, wenn wir heimlich auf Verbrecherjagd gingen. Doch am Ende hat mich das ganze *Wir-sind-der-Orden-der-Schwarzen-Eule-und-teilen-alles-brüderlich-Getue* nur noch genervt. Doch ich musste ja durchhalten, denn dein Kamin hat mir die letzten dreißig Jahre versüßt, liebe Rita.«

»Wann hast du begonnen, mich zu bestehlen?«, fragte Rita mit zitternder Stimme.

Trudy nahm an, dass sie weinte.

»Sehr schnell, nachdem wir das Gold dort gefunden hatten. Ich war jung, Rita, ich wollte das Geld sofort. Welch eine Verschwendung, wenn man dreißig Jahre lang auf etwas warten soll, was man auch gleich haben kann.«

»Dann waren all deine Besuche, jedes Buch, das du mir vorbeigebracht hast, nur ein Mittel zum Zweck?« Ritas Worte waren tränenerstickt.

»Exakt, Rita. Das schockt dich, nicht wahr?« Peter Carolls lautes Lachen klang wie ein Donnern von den Wänden tausendfach zurück. »Ich frage dich nun ein allerletztes Mal: Willst du die Erklärung unterschreiben? Ja oder nein?«

»Nein, Peter. Nein, das werde ich nicht. Du hast das Gold gestohlen und ich werde dir nicht unterschreiben, dass ich es dir geschenkt habe. Auch wenn ich diese letzte Dummheit vermutlich mit dem Leben bezahlen werde.« Ritas Stimme versagte bei den letzten Worten und sie schniefte laut.

»Leb denn wohl, Rita. Solange du noch kannst!«, rief Peter Caroll, und seine näher kommenden Schritte verrieten Trudy, dass er die Grotte nun verlassen würde. Sie quetschte sich tief in die Felsspalte, und das Wasser, das über ihr von der Decke tropfte, lief ihr über den Nacken den Rücken hinab. Peters Schritte wurden lauter und lauter und Trudy hielt die Luft an. Ihr ganzer Körper war wie ein Flitzebogen gespannt, als sie die schattenhaften Umrisse Herrn Carolls im Grotteneingang erkannte. Doch Peter Caroll hatte es eilig und wenige Sekunden später verschluckte ihn auch schon die hereinbrechende Nacht draußen am Strand.

Trudy beobachtete mit Sorge die immer höher peitschenden Wellen. Längst erreichte das Wasser den Grotteneingang, schwemmte wenige Meter tief in die Höhle hinein und zog sich dann wie ein Vorhang wieder zurück. Doch Trudy wusste, dass es nur ein Atemholen für die nächste Welle war.

Sie zählte leise bis zwanzig und kramte dann in ihrer Tasche nach der Taschenlampe. »Rita?«, flüsterte sie, während sie sich Schritt für Schritt tiefer in die Grotte vortastete. »Tante Rita?«

»Wer ist da?«, hauchte Rita irgendwann ungläubig und hoffnungsvoll zugleich in die Dunkelheit.

»Ich bin es nur, Trudy.«

»Trudy Taff!«, rief Tante Rita, und nie in ihrem Leben würde Trudy vergessen, wie wundervoll ihr Name an jenem Abend in der Grotte Grim-Hollows aus Tante Ritas Mund geklungen hatte.

Abscheulich.

Ein treffenderes Wort fiel auch Trudy nicht ein, als sie Tante Rita losband und sich mit ihr aus dem Weg hinaus aus der Grotte machte. Keine Minute zu früh, denn das Wasser stand schon knöchelhoch in der felsigen Höhle und stieg mit jeder heranbrausenden Welle weiter an.

Erst als sie die Stufen hinaufgestiegen waren, zückte Trudy ihr Handy.

»Trudy? Na endlich. Hast du sie?«, schrie Marlene gleich ins Telefon, so laut, dass auch Tante Rita jedes Wort verstehen konnte.

»Ja, sie hat mich!«, rief Rita glücklich ins Telefon. »Hör mal, Marlene. Peter Caroll ist der Einbrecher.

So, wie wir vermutet haben. Dir bleibt nicht viel Zeit, der will sich aus dem Staub machen. Ruf sofort deine Mutter an!«

»Und die Jungs?«, schrie Marlene. »Ich sitze hier seit anderthalb Stunden im Antiquitätenladen fest, weil ich vor den beiden geflüchtet bin. Als sie merkten, dass wir sie mächtig vereimert haben, waren sie so was von stocksauer! Die tigern immer noch an der Mauer auf und ab, Trudy. Du musst mich retten kommen. Herr Martins war so nett, mich solange vor den Jungs zu beschützen.«

»Ich beeile mich, Marlene. Wir kommen so schnell wie möglich. Ruf du nur deine Mutter an. Und sag ihr: Beweise kriegt sie in einer Stunde. Sie soll sich beeilen.« Trudy legte auf und grinste Tante Rita verschmitzt an.

»Ach, Trudy Taff. Wie sehr du mich doch an das Mädchen erinnerst, das ich vor dreißig Jahren war«, flüsterte sie stolz und strich Trudy liebevoll eine lange schwarze Haarsträhne aus dem Gesicht und schob sie hinter Trudys linkes Ohr.

Trudy wählte eine zweite Nummer auf ihrem Handy.

»Sherlock-Holmes-Academy, Isolde Korn«, meldete sich ihre Schulleiterin mit wackliger Stimme am anderen Ende.

»Ja, Trudy Taff hier«, und bevor Isolde mit ihrer

Strafpredigt beginnen konnte, beeilte Trudy sich zu sagen: »Ich habe mir erlaubt, Tante Rita zu befreien. Ob jemand so freundlich wäre, uns am Abstieg zur Grotte Grim-Hollows abzuholen?«

Tante Rita reckte den Daumen ihrer rechten Hand in die Höhe. Gut gemacht, Trudy Taff, sollte das heißen.

»Nun bliebe nur noch eine Frage offen«, meinte Trudy nachdenklich und hielt Ausschau nach einem Wagen.

»Welche Frage ist noch offen, Trudy?«, fragte Rita erstaunt.

»Wie werden wir nur die lästigen Jungs los?«, antwortete Trudy und grinste.

»Oh, mit lästigen Jungs von der I.O.S. kenne ich mich bestens aus. Warte nur, ich verrate dir ein Geheimnis. Aber noch nicht jetzt. Gleich«, sagte Tante Rita und lächelte vielsagend.

Genau wie damals

Isolde Korn kam höchstpersönlich, und sie kam mit dem Schulbus, einem kleinen silbernen Van mit der Aufschrift *Sherlock-Holmes-Academy-Shuttle*.

»Trudy Taff, wir sprechen uns noch!«, rief sie, als sie ausstieg. »Das hat ein Nachspiel.«

»Oh, ich hoffe doch, ein gutes. Fünfzig Holmes-Münzen wäre diese Rettungsaktion schon wert«, sagte Tante Rita augenzwinkernd.

»Wie?«, fragte Isolde perplex und fiel dann Rita um den Hals. »Ich war in solcher Sorge um dich, meine gute alte Freundin.«

»Ja«, Rita erwiderte die Umarmung und nickte bedächtig, »ohne Trudy hätte ich alt ausgesehen, Isolde.«

»Ähäm«, machte Trudy und sprang nervös von einem Bein aufs andere. »Könntet ihr euch ein bisschen mit dem Freuen beeilen? Marlene steckt noch ziemlich in der Patsche. Wegen euch!«

Tante Rita und Isolde Korn waren sofort Feuer und Flamme. Hier ging es um die Ehre der Sherlock-Holmes-Academy. Sie warfen Trudys Fahrrad in den großen Kofferraum des Busses und sausten Richtung Cranesbill.

»Da!«, rief Trudy, als sie im Ort ankamen, und zeigte auf die beiden Jungs von der I.O.S., die eisern an der Mauer vor dem Antiquitätenladen warteten. »Die Mistkerle sind ja immer noch da.«

Isolde Korn und Tante Rita warfen sich kurze, bedeutungsvolle Blicke zu, dann sagte Isolde Korn seufzend: »Hach, wie mich das an unsere Zeit in der Academy erinnert, Rita.«

»Ja, wie sich Geschichten doch immer und immer wiederholen, nicht, Isolde?« Tante Ritas Stimme klang beinahe schwärmerisch.

»Ihr habt ja keine Ahnung, wie nervig es ist, wenn euch ständig zwei Jungs von der I.O.S. auf den Fersen sind«, meinte Trudy.

Tante Rita und Isolde Korn sahen sich grinsend an. Dann sagten sie wie aus einem Munde: »Nein, wir haben wohl keine Ahnung.«

Marlene freute sich diebisch, Trudy wiederzusehen, aber noch ein bisschen mehr, Tante Rita wohlbehalten durch die Tür kommen zu sehen.

Herr Martins begrüßte Isolde Korn und Tante Rita ebenfalls sehr erfreut und lauschte genauso gespannt wie Marlene den knappen Berichten der drei Ermittlerinnen.

»Jedenfalls danke ich dir sehr, dass du unserer Freundin Marlene Schutz vor den lästigen Spionen der I.O.S. geboten hast«, sagte Rita und deutete nach draußen, wo Oscar und Joe noch immer Schmiere standen.

»Ja, was tut man nicht alles für die Völkerverständigung, nicht wahr?«, meinte Herr Martins geheimnisvoll lächelnd.

Tante Rita telefonierte eine Weile mit Frau Lund und berichtete ihr dabei von ihrer Befreiung und von Peter Carolls hinterhältiger Tat. Als sie auflegte, war sie sichtlich erleichtert und lud alle spontan ins Moosbeerhaus ein.

Und so machten sie sich auf den Weg. Isolde Korn, Tante Rita, Marlene und Trudy fuhren mit dem Sherlock-Holmes-Academy-Shuttle. Herr Martins folgte ihnen in seinem dunkelgrünen Kastenwagen.

Es wurde ein lustiger Abend. Isolde Korn, Tante Rita und Herr Martins erzählten abwechselnd von den Abenteuern des Ordens der Schwarzen Eule.

Trudy und Marlene lauschten gespannt den Berichten aus vergangenen Tagen.

»Hach«, machte Isolde Korn und strahlte ihre beiden alten Freunde glücklich an. »Ist es nicht fast wie damals, als wir zu fünft hier an diesem kleinen Tisch saßen und über Kriminalfälle brüteten?«

Isolde Korn schlug mit einem kleinen Löffel an ihre

Teetasse und sagte: »So, wie es unsere alte Direktorin vor mehr als dreißig Jahren getan hat, so möchte auch ich es heute tun.« Sie stand auf und Trudy wurde ganz feierlich zumute.

»Liebe Trudy Taff, liebe Marlene Lund«, sagte sie, »ihr habt heute bewiesen, dass ihr das Zeug zu echten Detektiven habt. Ihr habt euch mit unerschrockenem Mut für andere eingesetzt. Ich verleihe euch beiden als Sonderprämie fünfzig Holmes-Münzen.«

Trudy fing sich als Erste wieder. »Wow, danke! Damit wäre mein Punktekonto dann wohl wieder im Haben?«, fragte sie, was Rita anscheinend so lustig fand, dass sie laut loslachte und sich gar nicht wieder beruhigen konnte.

»Genau … wie … ich … damals«, japste sie nach Luft.

Es war Herr Martins, der sie mit seinen Worten zum Schweigen brachte. »Sollten wir drei nicht noch weitergehen und überlegen, ob der Orden der Schwarzen Eule nicht dringend Nachwuchs benötigt?«, fragte er, an Rita und Isolde Korn gewandt.

»Du meinst, Trudy und Marlene?«, fragte Rita zur Vorsicht noch einmal nach.

Trudy aber war mit ihren Gedanken längst woanders. Sie hatte von draußen merkwürdige Geräusche vernommen und ging zum Fenster. Es war ein stürmischer

Abend. Die Zweige der Wildrose vor dem Fenster bogen sich, vom Wind zerzaust, hin und her.

»Sag, Tante Rita«, fiel ihr plötzlich etwas ein. »Du wolltest mir doch noch verraten, wie man lästige Jungs von der I.O.S. loswird.«

»Oh ja!«, rief Rita und stellte das Glas Moosbeerlikör, an dem sie gerade genippt hatte, zurück auf den Tisch.

»Nun bin ich aber auch sehr gespannt«, sagte Herr Martins.

»Manchmal ist es das Beste, eine Feindschaft in eine Freundschaft zu verwandeln.« Sie lächelte Herrn Martins etwas verlegen an. »Ja, Alexander. Das ist schon das ganze Geheimnis.«

Trudy überlegte, ob Rita wohl heimlich in Herrn Martins verliebt war.

»Das hast du schön gesagt, Rita«, sagte dieser nun, und Isolde Korn nickte. Rita stieg die Röte ins Gesicht.

Marlene und Trudy tauschten wissende Blicke. Tante Rita war verknallt. Keine Frage.

Plötzlich hörte Trudy wieder dieses geheimnisvolle Geräusch. Es waren Schritte auf dem Kies vor dem Haus. Dieses Mal war sie sich ganz sicher.

Sie schlich zur Haustür und riss sie mit einem Ruck auf. »Aha!«, schrie sie, als sie Oscar und Joe vor der Tür erwischte. »Hab ich es mir doch gedacht.«

Es war Herr Martins, der die Jungs hereinbat. »Darf ich vorstellen: Oscar, mein Neffe, und sein bester Freund Joe«, sagte er.

Tante Rita klappte die Kinnlade herab.

Isolde Korn trank Ritas Moosbeerlikör.

Marlene setzte sich auf den nächsten Stuhl und sagte: »Aber ich hab ihn doch noch nie zuvor hier in der Gegend gesehen.«

»Das stimmt. Oscar lebt mit seinen Eltern weit weg von hier und besuchte mich zu meinem Bedauern nicht regelmäßig. Aber umso glücklicher bin ich, dass er nun auf die I.O.S. geht«, erklärte Herr Martins und zwinkerte Oscar zu.

»Deshalb wart ihr im Antiquitätenladen, als die Spurensicherung noch nicht fertig war!«, rief Marlene. »Ihr wart vorher schon da.«

Eine Weile hing jeder seinen Gedanken nach.

»Und jetzt?«, fragte Trudy irgendwann laut.

»Und jetzt schließt ihr am besten Freundschaft!«, meinte Rita und wollte an ihrem Moosbeerlikör nippen, als sie feststellte, dass das Glas bereits leer getrunken war.

»Freundschaft? Niemals!«, riefen Oscar, Joe, Marlene und Trudy wie aus einem Munde.

»Hach, genau wie bei uns damals«, flüsterte Isolde.

Es war mitten in der Nacht, als Trudy von einem leisen Eulenruf geweckt wurde. Sie blinzelte auf ihren Wecker. Kurz nach eins. Sie zog die Bettdecke über den Kopf und lächelte, weil sie glaubte, sie hätte geträumt.

Es war ein wundervoller Traum gewesen. In ihrem Traum hatte sie einen Verbrecher geschnappt, Tante Rita gerettet und war nebenbei Mitglied im Orden der Schwarzen Eule geworden. Es musste ein Traum gewesen sein, denn sie hatte sogar so viele Holmes-Münzen verliehen bekommen, dass sie sich in der nächsten Zeit keine Sorgen um ihr Punktekonto machen musste. Aber der eindeutigste Hinweis auf einen Traum war das Bauchkitzeln, dass sie fühlte, seit Oscar sie so freundlich angelächelt hatte.

Da, wieder dieser Eulenruf. Und er kam aus ihrem Kleiderschrank.

Trudy knipste das Licht ihrer Nachttischlampe an und schlich verschlafen zum Schrank. Als sie die Bodenklappe öffnete, flüsterte Marlene: »Na endlich, ich dachte schon, du kommst nie.«

»Ist was passiert?«, fragte Trudy.

»Nein, nicht dass ich wüsste.« Marlene lächelte Trudy glücklich an. »Ich wollte dir nur was Wichtiges sagen, Trudy Taff.«

»Ja?«, fragte Trudy neugierig und hockte sich auf den Boden. Sie sah Marlene erwartungsvoll an.

»Ich hab nicht zu hoffen gewagt, dass es eine so tolle Freundin wie dich gibt, Trudy Taff. Und ich wollte dir sagen, dass ich heute schon Angst vor dem Tag habe, an dem wir zwei wieder aus diesen Zimmern ausziehen müssen.«

Trudy lächelte. Sie mochte Marlene sehr.

»Ach, Marlene … Ich …«, begann sie, nach den richtigen Worten zu suchen.

Doch Marlene unterbrach sie. »Nur eines nehme ich dir echt übel, Trudy Taff!«

»Was?«, fragte Trudy erschrocken. »Was nimmst du mir übel?«

»Dass du mich zwölf Jahre lang hast warten lassen auf dich. Zwölf langweilige und lange Jahre in einem Kaff wie Cranesbill.«